TEEN-
AGE
RIOT

Éric Pessan • Olivier de Solminihac

TEEN-AGE RIOT

MÉDIUM+
l'école des loisirs
11, rue de Sèvres, Paris 6e

Des mêmes auteurs à *l'école des loisirs*

Collection Médium

Éric Pessan

Plus haut que les oiseaux
Et les lumières dansaient dans le ciel
Aussi loin que possible
La plus grande peur de ma vie
Les étrangers
Dans la forêt de Hokkaido
L'homme qui voulait rentrer chez lui
Tenir debout dans la nuit

Olivier de Solminihac

Les étrangers

Loi n° 49.956 du 16 juillet 1949 sur les publications destinées à la jeunesse : février 2021
Dépôt légal : février 2021

ISBN 978-2-211-00126-7

Looking for a ride to your secret location
Where the kids are setting up a free speed nation for you

En cherchant une échappée vers votre endroit secret
Où les enfants instaurent pour vous une nation sans limitation

Sonic Youth

L'OURS

Pour la quarantième ou cinquantième fois, l'Ours reprend tout au début. Il y est presque, il suffit d'un petit peu plus de précision, un petit peu plus de rapidité. Il a la dextérité, l'entraînement, et des quantités infinies de patience en stock. Mentalement, il répète les gestes : lancer l'enregistrement, lancer le premier vinyle, lancer le second, boucler le premier au bout de douze secondes, juste au moment où le repère en scotch rouge arrivera au niveau du bras de la platine, sans arrêter de scratcher le second squeud, répéter trois fois en variant simplement la vitesse des scratchs, et couper l'enregistrement.

D'un geste lent, l'Ours remonte les manches de son sweat pour les coincer au niveau des coudes. Ses poignets sont souples, ses doigts agiles. Ses mains fines contrastent avec sa carrure. Autrefois, dans un lointain passé d'école primaire, certains rigolaient de sa silhouette trapue, de son ventre, de ses joues. C'était autrefois. Maintenant, à part deux trois nouveaux qui ne connaissent pas les règles, personne ne se frotte à l'Ours. Enfin, presque personne. Dans le quartier, il y en a qui n'ont peur de personne, et ceux-là, il vaut mieux les éviter. Ils sont trop partis dans leurs délires pour respecter qui que ce soit.

L'Ours souffle. Plusieurs disques attendent sur une chaise, hors de leur pochette. Le bureau est trop petit pour qu'il puisse les y déposer en plus de tout le matériel. Il sourit. Cela fait longtemps que le bureau acheté pour son entrée en sixième n'a pas vu un stylo, un classeur ou une feuille de papier. Au début, quand il a commencé à monter son home studio, sa mère a crisé. Puis elle a lâché l'affaire. Un lit, c'est tout ce qu'il faut pour faire des devoirs. Un bureau, c'est pour travailler sérieusement.

Une grande partie des disques, l'Ours va les acheter chez Emmaüs, là où les gens balancent ce qui est trop usé, ce dont ils ne veulent plus. À force, le type qui s'occupe du rayon musique a fini par le calculer, il lui met parfois des 33 tours de côté, il a compris ce qui intéressait l'Ours : du classique, du disco, et si par miracle des disques de hip-hop échouent dans les bacs, il les garde derrière son comptoir et n'essaie pas de les vendre tant que l'Ours n'est pas passé fouiner dans les bacs.

L'Ours respire, ferme les yeux. Le type qu'il voit souvent chez Emmaüs, il ne sait même pas comment il s'appelle. Il a une longue barbe, les cheveux longs, il doit avoir une trentaine d'années et porte imprimé sur le visage le constat que la vie, parfois, ne fait pas de cadeaux. Ce type, l'Ours a entendu les gens l'appeler Jésus. Il ne sait pas s'il s'agit d'un vrai prénom ou d'un surnom. Emmaüs, de toute façon, c'est un truc de cathos.

L'Ours ouvre les yeux, lance l'enregistrement sur le PC relié à la mixette. Il allume la première platine vinyle. Cette microseconde est délicieuse : le disque veut partir et il le maintient immobile avec le majeur et l'index, il sent la légère vibration de la MK2, il respire, c'est impeccable. Les doigts de la main droite sont sur le crossfader de la mixette. Il est prêt. Il lance le son, main gauche un vieux disque d'Aznavour avec une intro symphonique, main droite un truc acheté en import, un rythme lourd et massif, épais et poisseux, les deux sons se marient comme s'ils avaient toujours attendu de se rencontrer. Un DJ touché par la grâce c'est comme un entremetteur qui va présenter les bonnes personnes entre elles. Scratch main gauche, scratch main droite, seconde boucle, le visage de l'Ours est lavé de toute expression : il construit sa musique, il bâtit une routine sur laquelle il pourra plus tard créer des infinités de variations, de breaks, de superpositions. Nouvelle boucle main gauche, montée rapide de scratch main droite, une bascule du son sur la platine de droite, il coupe l'enregistrement, et il s'autorise enfin à respirer. Ça lui a paru bon, même très bon.

Il nettoie l'intro et la fin sur le fichier son, met l'enregistrement en loop et écoute la boucle : le rythme, les scratchs, l'envolée orchestrale, tout y est, il tient sa routine. Comme il est seul dans l'appartement, l'Ours monte le son, sa mère ne viendra pas frapper à sa porte, son frère et ses sœurs ne se plaindront pas. Satisfait, il se jette sur son lit, le son est bon, la boucle est parfaite, il va pouvoir s'amuser des heures. Comme il connaît la moindre craquelure du plafond au-dessus du lit, il ferme les yeux, il écoute, se laisse porter, c'est sa musique, le rythme le soulève, le rythme le conduit dans un endroit qui n'appartient qu'à lui.

Une seconde, l'Ours est tenté de se relever, d'aller fouiller dans la chambre de son frère pour lui piquer une boulette de shit. La tentation est là, aiguë, puis elle reflue. L'Ours a officiellement arrêté la bédave, il l'a juré la main sur le cœur à sa mère.

Il est comme ça : il prend de grandes décisions qu'il regrette parfois plus tard, mais il tient toujours parole. L'honneur c'est plus important que tout. Et puis, en vérité, il préfère ne pas fumer que fumer ce que ramasse son frère. Pas certain qu'avec tous les coupages et les ajouts il reste une molécule de cannabis dans les boulettes que le frangin cache partout dans sa chambre.

Plusieurs fois, le portable de l'Ours vibre en silence. Il le laisse accumuler les messages de l'Opossum et du Suricate. Ces deux-là, dès qu'ils vont entendre le son trop mortel, ils vont vouloir prendre le micro pour passer l'après-midi à faire les MC. L'Ours fait le mort, il les aime bien, ce sont ses meilleurs amis, mais là, il aime encore mieux être seul, avec le son qui tourne sur l'ordi, qui pourrait tourner une journée, une semaine, un mois, un an, mille ans, qui tournerait encore quand l'immeuble et toute la cité seraient redevenus de la poussière. Leur problème, à l'Opossum et au Suricate, c'est qu'ils vont tout de suite vouloir poser des messages sur le son inventé par l'Ours. Ils vont improviser des trucs bavards sur l'impunité des képis, le fric magouillé par les politiques, la puissance des banques et le sadisme de certains profs. Ils vont faire rimer police avec injustice, politique avec dogmatique ou traumatique, raison avec zonzon, et études avec lassitude, nullitude ou merditude. Un son comme celui-là, c'est certain qu'il va les rendre fous, mais l'Ours a juste envie d'être seul, juste envie d'être enveloppé et porté par la musique. Il n'a pas besoin qu'on lui chante que dans la cité l'avenir est bouché, pas besoin d'entendre que le chômage est un enfumage, un dézingage qui sert à l'écrémage. Il ne veut pas entendre leurs appels à court-circuiter l'exiguïté et la promiscuité des cités. Ce qu'il aime dans la musique, c'est la musique ; il n'en peut plus des paroles revendicatrices, des soi-disant messages qui tournent en boucle comme un vinyle sous le diamant d'une MK2.

Lourdement, l'Ours se relève, il tente un truc : il baisse le tempo, passe de 105 à 95, la musique gagne en gravité, en lourdeur, elle est plus massive, plus organique aussi. C'est rare qu'un cœur batte à 105. La musique est un organe, elle assure la circulation de son sang, l'oxygénation de ses cellules, la musique charrie la vie.

L'Ours va appuyer son front contre la fenêtre. En bas, en face, au loin, c'est la cité : des allées, des parkings, des jardins partagés où poussent le plastique et les morceaux de verre. Il y a deux ans, les balcons ont été repeints de couleurs multiples, mais lui, il sait que sous le jaune ou le vert, c'est toujours gris.

Le téléphone vibre, puis vibre encore. L'Ours cale deux squeuds : un machin de jazz inécoutable, genre mecs qui s'écoutent jouer des heures et des heures et brodent d'interminables solos de sax, de batterie, de basse ; et un 45 tours d'un groupe suédois, sur la pochette, deux filles, un barbu et un type aux cheveux longs sont accoutrés d'aluminium. Il monte le son, enchaîne une longue série de scratchs qui viennent ajouter de la densité à la routine. Cela lui arrive d'y passer la nuit : il s'installe le soir devant ses platines, met un casque pour éviter la crise, lance un son, et mixe ou scratche des heures durant, le regard perdu vers un point qu'il ne saurait pas situer, comme s'il descendait en apnée dans un océan sonore. Et quand il remonte à la surface, parfois, il est étonné de voir le jour se lever de l'autre côté de la vitre. Il n'a pas vu passer le temps. Il sait qu'il va dormir en cours, mais au moins il n'aura pas eu à affronter les pensées qui se tapissent sous son oreiller, comme des fauves en embuscade qui attendent que le promeneur imprudent s'approche de trop près.

Une heure passe, peut-être deux, puis il envoie deux SMS. L'Opossum et Suricate débarquent quelques minutes plus tard, à croire qu'ils attendaient sur le palier, l'oreille contre la porte, contrariés d'être privés d'un son dont ils ne percevaient que les vibrations.

Quand ils écoutent ce que l'Ours a bricolé, ça ne fait pas un pli : ils sautillent de joie, le félicitent, lui reparlent de cette vieille idée de participer un jour à une battle de DJ. Selon eux, l'Ours écraserait tout le monde de sa patte velue. Quels que soient les disques qu'il sélectionne, il fabrique un son à lui, reconnaissable entre mille : pesant et épais, énorme, coriace, graisseux et poilu. Un son que seuls les ours peuvent inventer.

Et très vite, l'Opossum et Suricate slamment au micro que, quelle que soit la façon de prendre l'équation, si on veut éviter la zombification, il faut faire la révolution.

LOTTA

Dimanche, septembre, l'après-midi et la chaleur, la fenêtre entrouverte sur la ruelle pour laisser entrer un peu d'air et les mots des passants, tu parles, rien, Lotta hisse la valise sur le lit elle a eu beau plier serré ça déborde, elle tasse, rien que des vêtements et des bouquins rien qui risque de se briser, plus le vanity, l'enveloppe avec l'argent de l'anniversaire et le petit souvenir qu'elle a acheté pour sa mère, des bracelets, vraiment jolis, si ça ne lui plaît pas à sa mère elle pourra les garder pour elle, c'est ce qu'elle fait maintenant sa mère elle se déleste sur Lotta, le goût change la mode change les objets restent, une avance sur l'héritage a dit sa mère au début de l'été en voulant plaisanter, tu parles, elle pèse un âne mort cette valise, dernières vérifications, Lotta entrouvre l'enveloppe et recompte les billets, un, deux, trois, huit – huit ? c'était pas neuf? –, elle force pour fermer, elle rassemble sur le dessus de la valise les derniers trucs à ne pas oublier, le téléphone, les écouteurs, le livre pour la route, *Le Jour avant le bonheur* et son ours en peluche, le dernier survivant de l'enfance, comme si elle risquait de les oublier en partant, Lotta.

Elle vérifie l'heure à son téléphone, encore combien à attendre, elle sent monter en elle cette espèce de malaise qui pendant longtemps n'avait pas de nom et qu'elle connaît très bien pourtant, le mal du dimanche elle disait, avant, ou bien les papillons elle disait, comme un vertige à l'intérieur, la sensation de se creuser, les muscles qui se crispent, ventre bras et jambes, ça vient toujours le dimanche au moment de déménager, tant et tant de fois dans l'année, avant de partir, dans ces quelques minutes où il n'y a rien à faire parce que tout est là mais les pensées volettent, elles cherchent où se poser mais elles ne trouvent pas, ici, là-bas, demain, hier, Lotta avait huit ans quand ses parents se sont séparés – huit ? c'était pas neuf? – et aussi loin qu'elle explore les souvenirs quand ça lui arrive elle ne se rappelle pas comment c'était avant, avant les papillons.

Un éclat de voix dans la rue. Un rire. On croirait celui de Domenico. Mais non, bien sûr, ça ne peut pas être lui, il lui a dit qu'il était à Naples, il lui a envoyé une photo, il lui a promis qu'il lui écrirait ce soir mais qu'avant il ne pouvait pas, malgré tout elle ne peut pas s'empêcher d'aller voir à la fenêtre, tu parles, rien, pas même une ombre dans la ruelle, elle pourrait ranger la chambre mais la chambre est impeccable, encore mieux qu'à l'hôtel, le lit fait, les murs nus sauf l'affiche de cinéma, *La meglio gioventù*, avec cette actrice qu'elle adore, Jasmine Trinca. – Tu l'as déjà rencontrée ? lui avait demandé Domenico – Bien sûr que non, elle avait dit, pourquoi ? – Parce que c'est bien de rencontrer ses rêves, non ? – et en rêve Lotta avait caressé les cheveux de Domenico et en rêve elle lui avait dit au creux de l'oreille Mais toi je t'ai rencontré, et en rêve une collection de papillons avait pris son envol en elle, c'était le dernier soir du stage de théâtre, le soir des adieux, le soir où elle avait enfin, après toutes ces années – huit ? ou neuf? –, identifié l'état dans lequel elle se sentait à présent, ce n'étaient pas des papillons, ce n'était pas le mal du dimanche, ça s'appelait le trac, et dans la réalité elle avait dit – Ce n'est pas mon rêve de rencontrer une étoile du cinéma – Ah non ? Alors c'est quoi ton rêve ? avait dit Domenico. Être une étoile ? Ils étaient restés sur cette interrogation sans réponse mais oui, lui répondrait-elle maintenant s'ils reprenaient la conversation à cet endroit et que Domenico lui posait de nouveau la question, oui, être une étoile. Pas parce que ça brille, une étoile. Mais parce que ça file.

Dans la maison, pas un bruit. Elle sort de la chambre, la valise toujours sur le lit. Elle monte marche à marche jusqu'à la terrasse. L'éblouissement du soleil, le grand bleu de la mer. Son père est assis là, dos à elle.

– *Cosa fai, papà ?* dit Lotta.

Son père écrase sa cigarette dans le cendrier, l'odeur d'herbe flotte dans l'air ou ce qui en tient lieu. Il se tourne lentement vers elle et la considère avec un drôle de regard, dans lequel elle perçoit un mélange de fierté, d'étonnement, de perplexité et quelque chose comme le sentiment d'avoir été pris en faute, tu parles. Un regard intense, les yeux baignés dans un larmoiement, du sang dans le blanc :

– On fait ce qu'on peut.

Il se lève avec effort, en s'appuyant aux accoudoirs du fauteuil. Ils restent un moment tous les deux face à la mer, debout, un battement d'ailes de papillon, puis :

– *Andiamo ?*

On y va.

Oui.

ELLIE

Long, très long, trop long dimanche. Ellie, comme si souvent, a trouvé refuge au cimetière. Dans sa poche, le téléphone est coupé. Elle a besoin de prendre l'air, elle a besoin d'être seule. Elle marche lentement, parfois le nez en l'air, parfois les yeux rivés aux inscriptions gravées sur des stèles du siècle dernier, de celui d'avant et encore d'avant.

Au fil des ans, le cimetière de Brockley est devenu sa place forte, son coin rien qu'à elle, l'endroit où elle se réfugie lorsqu'elle ne supporte plus la meute de ses frères et sœurs, lorsqu'elle n'a pas envie d'aller traîner avec ses amis, lorsqu'elle a besoin de silence. Les bruits de la ville n'arrivent que feutrés et lointains à ses oreilles, c'est comme si le vacarme sur les boulevards n'osait pas déranger les morts. Les ronflements des moteurs s'arrêtent aux vieux murs de pierre, ils ne franchissent pas les grilles, laissent dormir celles et ceux qui ne se réveilleront jamais.

Ellie n'a aucune famille enterrée ici, c'est sans doute plus simple, elle peut faire comme si ce gigantesque cimetière n'était qu'un parc. C'est d'ailleurs de ça qu'il a l'air: un parc foisonnant où les herbes folles engloutissent peu à peu les tombes. Au centre du cimetière se trouve un véritable champ, immense, traversé par un chemin goudronné qui conduit à une minuscule chapelle gothique.

Ellie flâne, elle aime bien regarder les noms sur les stèles, les formules gravées. *A true wife and a devoted mother.* Une vraie épouse et une mère dévouée. Ellie ne sait pas ce qu'est une mère dévouée, et elle s'en fiche. La formule la fait sourire. Elle regarde les dates : la femme qui a été enterrée sous cette pierre est morte en 1894. C'était donc à cela que se résumait la vie des femmes autrefois : épouse et mère.

Passent deux joggeuses, collants moulants rose fluo, serre-tête en coton, maillots en lycra jaune et noir, elles trottent en discutant. Ellie capte la fin d'une phrase où il est question d'un enfant qui ne travaille pas assez à l'école. *Devoted mother.*

Il fait très chaud en ce dimanche, la chaleur recouvre toute l'Europe, la canicule ne reflue pas, trois mois que Londres est une fournaise. Ellie a vu sur Internet qu'un sixième des espèces animales allait disparaître à cause du réchauffement climatique. Il ne reste que vingt mille lions dans le monde. Dans quelques années, les seuls survivants seront ceux qui vivent en captivité dans les zoos.

Quelque chose bouge dans les fourrés et fuit à son approche. Un oiseau, peut-être ?

Ellie scrute le ciel. Des traînées blanchâtres peinent à atténuer l'immensité du bleu. Pas un nuage digne de ce nom pour filtrer le soleil. Sans se presser, elle quitte l'allée et coupe à travers les pierres tombales plus ou moins alignées, plus ou moins verticales. C'est aussi ce qu'elle aime dans ce cimetière : cette sensation d'abandon. La nature a repris ses droits, une bonne partie des inscriptions sur les stèles a été effacée par des siècles de pluie. Comme souvent, ses pas la conduisent devant sa tombe. Le long d'un sentier ombragé, un arbre a poussé au milieu de l'emplacement d'un tombeau, couchant la stèle qui indique encore aux passants qu'une fille aimée prénommée Ellie *fell asleep* en 1919 à l'âge de seize ans. Quelle drôle d'expression: écrire qu'elle s'est endormie pour éviter d'avoir à dire qu'elle est morte. La première fois qu'elle a vu – par hasard – cette tombe, Ellie est restée figée un très long moment. Tout correspond: même âge, même année de naissance à un siècle d'intervalle. Et à deux lettres près, le nom de famille de la morte est exactement le sien. Depuis le jour où elle a découvert l'existence de cette jumelle, Ellie passe régulièrement la voir. Parfois, elle cueille quelques fleurs sauvages qu'elle dépose sur la pierre rendue friable par les intempéries. La semaine dernière, elle a trouvé des mûres sur un roncier derrière la chapelle et elle en a offert une poignée à sa jumelle endormie. Tout a disparu. Soit le fantôme s'est régalé, soit un renard est passé qui aura apprécié l'offrande.

Penser aux renards la conduit à penser à son père. Elle avait découvert qu'il mettait du poison autour des poubelles pour chasser les renards qui viennent y fouiller. Elle avait piqué une crise. Qu'est-ce que ça peut lui faire que des animaux se nourrissent de ce qu'il jette? Comme toujours lorsqu'elle affronte son père, Ellie a perdu. Quand elle s'énerve, son souffle se coupe, elle n'arrive plus à respirer. Son père s'était tout de suite mis à gueuler qu'il en avait marre de ramasser les poubelles renversées. Il était devenu rouge, avait crié que s'il ne faisait rien les renards allaient envahir le quartier, qu'ils étaient des nuisibles, qu'ils étaient des vecteurs de maladies. Que l'on ne pouvait pas compter sur les services de la ville et qu'alors il fallait régler le problème soi-même. Ellie suffoquait, elle sentait les larmes lui monter aux yeux et elle était partie pour ne pas pleurer devant tout le monde. Ses frères et sœurs n'attendaient que ça, ils souriaient en douce, échangeaient des regards complices. Toujours, ses frères et sœurs (demi-frères, demi-sœurs, corrige-t-elle) formaient un bloc compact d'hostilité. Ils étaient comme une créature à quatre têtes, huit bras, huit jambes et quatre haines. Jamais une seule fois Ellie ne les avait vus se disputer entre eux. Ils restaient soudés, unis, solidaires. Ils avaient leur ennemie : elle. La voir pleurer les aurait rendus trop heureux. Elle s'était enfermée dans la chambre. Elle avait eu jusqu'à la fin du repas pour retrouver son souffle et chasser ses larmes. Ensuite, les frères et sœurs avaient débarqué. Cinq lits dans la même pièce, deux fois deux lits superposés et le tout petit lit d'Ellie sous la fenêtre. Pour vraiment respirer, Ellie n'a que le cimetière.

Là-haut, un avion passe en partageant le ciel d'une ligne de coton, il a certainement décollé de Gatwick, tout au sud. Ellie se promet qu'un jour elle montera dans un avion et elle partira, elle aussi. Loin, très loin. Peut-être jusqu'en Australie où, si elle en croit le peu que son père a bien voulu lui raconter, sa mère vivrait maintenant.

L'Australie.

Le moindre centimètre carré de la chambre est recouvert de posters Disney ou Pixar. Elle n'a pas un bout de mur à elle où punaiser une simple carte postale. Et comme elle n'a pas non plus un tiroir où glisser un cahier qui serait à l'abri de la curiosité des petits, Ellie écrit son journal sur son téléphone. Elle a téléchargé des photos des déserts australiens et de la Grande Barrière de corail. Des choses trouvées sur Internet : l'opéra de

Sydney et les montagnes sacrées de Hanging Rock. Son téléphone est la seule chose qu'elle puisse verrouiller, le seul endroit où ses frères et sœurs n'iront pas fureter.

Des dizaines de soldats australiens sont enterrés à Brockley, elle passe souvent devant leurs tombes, ils ont été tués durant la Première Guerre mondiale et leurs corps n'ont pas pu être rapatriés à l'autre bout du monde. Certains sont morts en 1919, voire 1920, et ce sont ceux qui la rendent le plus triste. Lorsqu'elle a lu ces dates, au début, elle n'a pas compris, elle a cru à une erreur, puis en réfléchissant, elle a réalisé qu'il s'agissait sans doute de soldats ayant survécu un, deux, trois ans avant de succomber à leurs blessures. Trois ans sur un lit d'hôpital à attendre la mort…

Ellie chasse ces mauvaises pensées. Elle ferme les yeux, offre son visage au ciel, fait le plein de soleil sur sa peau. Puis, elle entre dans un petit bois. Un ange de pierre au visage couvert de mousse la regarde en silence. Il a perdu une aile et un bras. Cachée sous les branches basses et protégée par de hauts buissons de ronces, Ellie s'assoit sur un mausolée envahi de lierre. Elle est invisible du chemin. Lentement, elle récupère dans sa chaussette le cadeau offert par Liam à la sortie du lycée, vendredi. Dans le buffet de la cuisine, elle a piqué une pochette d'allumettes. Ellie allume le pétard, aspire la première bouffée. Aucun souffle d'air ne chasse la fumée, elle rejette la tête en arrière, tire une seconde bouffée. Les yeux lui piquent. Un jour, elle le sait, Liam demandera une contrepartie, personne ne fait de vrais cadeaux dans la vie. Pour l'instant, Ellie profite d'être seule, apaisée. Une écorchure zèbre le dessus de sa main. Elle ferme les yeux et tire sur le joint jusqu'à ce que ses pensées blanchissent, s'estompent et s'éteignent tout à fait.

LOTTA

Le seul message que Lotta reçoit dans le train n'est pas celui qu'elle attendait. Aucune nouvelle de Domenico, juste un SMS de sa mère qui prévient qu'elle est désolée mais qu'elle ne sera pas à la gare. *Lavoro*, comme toujours, le travail qui happe sa mère aux aurores et ne la relâche qu'à la nuit tombée – s'il la relâche et si elle ne décide pas de se contenter de trois ou quatre heures de sommeil sur le canapé de son bureau, le travail qui a fait le vide autour d'elle, qui avale ses jours, ses nuits, ses week-ends. Lotta n'en a jamais parlé avec son père, mais elle croit savoir que c'est lui qui est parti pour ne plus avoir à vivre avec une femme toujours absente, toujours indisponible, toujours ailleurs. Un jour, en cours d'arts plastiques, la professeure avait demandé aux élèves de faire le portrait d'une personne sans la dessiner ni la prendre en photo. Lotta avait eu une idée pour évoquer sa mère : il aurait suffi d'exposer les dos d'enveloppes, les morceaux de papier et les post-it griffonnés à la va-vite que sa mère laisse derrière elle. *Je ne rentrerai pas ce soir, chérie, regarde dans le frigo. Bonjour, suis partie, bonne journée. Ciao, je crois que le frigo est vide, tu peux passer faire quelques courses, paie avec ton argent de poche, je te rembourserai. Gros travail en ce moment,* baci. *Désolée pour ton anniversaire, on fêtera ça demain,* ti amo. Et ainsi de suite. Si Lotta avait gardé tous ces mots, elle aurait pu en couvrir des murs et des murs, elle aurait pu en remplir un musée. Ce serait une belle exposition, avec un titre qui claque : L'*Assente*, l'Absente. Mais Lotta n'avait pas osé, elle avait ravalé son projet, elle avait apporté une bouteille d'huile d'olive glissée dans une casquette, en hommage à son grand-père, ouvrier agricole dans les plantations d'oliviers. Elle s'en était tirée avec un petit 11/20, à peine la moyenne, alors qu'elle aurait pu avoir 20 si elle avait osé aller jusqu'au bout de sa première idée.

Une fois le train arrivé en gare, Lotta marche dans les rues désertées de Brindisi. Le soleil crame tout ce qui passe à portée de ses rayons, aucun vent ne souffle sur l'Adriatique, la ville est comme écrasée par la chaleur. Et bien sûr, à peine a-t-elle parcouru quelques mètres qu'une roulette se coince entre deux pavés et s'arrache. Une seconde Lotta demeure sans réaction. C'est comme si tout cela arrivait à une autre qu'elle. Elle est spectatrice, elle regarde une tragi-comédie dans laquelle une pauvre fille va devoir se trimballer une valise cassée et trop lourde pendant une demi-heure dans les ruelles en escaliers d'une ville, alors qu'une fois de plus sa mère l'a oubliée et que le garçon qui fait battre son cœur est trop occupé à Naples pour penser à lui envoyer un texto. Au cinéma, ce pourrait être drôle. Dans la vraie vie, ça devient tragique. Lotta a envie d'envoyer bouler la valise, de s'asseoir par terre, à l'ombre, contre un mur et de ne plus bouger, de disparaître elle aussi, d'attendre que la nuit tombe. Peut-être qu'à 3 ou 4 heures du matin, quand sa mère rentrerait, elle remarquerait que sa fille n'est pas couchée, et elle partirait dans les rues pour la retrouver ? Peut-être.

Lotta aimerait trouver le courage de se révolter. Pourtant, sagement, elle soulève la valise, la serre comme elle peut dans ses bras, et elle part, sous le soleil, vers l'appartement de sa mère.

Plus bas, alors qu'elle longe le *Museo archeologico*, des garçons adossés à l'ombre d'un haut mur jaune la regardent passer en souriant. L'un d'eux dit une chose qui fait rire les autres. Lotta sent sur elle leurs yeux comme des lasers, parcourant sa silhouette à la recherche du moindre centimètre carré de peau nue, elle les sent sur ses épaules, elle les sent suivre les bretelles de son débardeur, traquer les échancrures, remonter le long de ses cuisses jusqu'à la limite de son short. Les regards la soupèsent, l'évaluent, la dissèquent. Elle passe, les garçons rient. Pas un mot n'a été échangé, pas une aide n'a été proposée. Pour rien au monde ces abrutis ne viendraient au secours d'une jeune fille suant sous le poids d'une valise bien trop lourde. Ils préfèrent la siffler, la mater, se raconter des blagues vulgaires. Cette journée ne finira donc jamais ?

Une fois parvenue au pied de l'immeuble, Lotta sent ses forces l'abandonner devant les escaliers raides et étroits. Trois étages lui paraissent une épreuve insurmontable. Elle en a marre, elle est épuisée, elle pue la transpiration, ses cheveux collent à sa nuque, elle aimerait prendre une douche, elle aimerait s'allonger sur un lit frais, elle aimerait que Domenico lui écrive, elle aimerait qu'il soit là. Il soulèverait la valise en riant et cette journée basculerait dans la joie.

Marche après marche, Lotta gravit les trois étages. Sitôt qu'elle ouvre la porte de l'appartement, la chaleur d'une étuve bondit vers elle : les volets sont restés ouverts, les fenêtres fermées, il doit faire plus de quarante degrés, l'air est irrespirable.

Lotta ouvre en grand, coince les fenêtres comme elle peut pour créer un courant d'air. Dans sa chambre, le lit n'a pas été fait. Des draps ont été jetés sur le matelas. Aucun mot sur la table de la cuisine, juste un citron moisi. Dans l'évier, de la vaisselle sale espère un coup d'éponge, des vêtements s'empilent sur les chaises sans qu'il soit possible de savoir s'ils sont propres ou sales. L'aspirateur n'a pas été passé depuis des siècles, la poubelle déborde, la toile cirée colle sous les doigts. Voilà, elle y est. Bientôt l'année scolaire va commencer, et c'est là qu'elle va vivre. Brindisi est plus grand que le village de son père, Brindisi est plus pratique. Lotta ressent une terrible envie de pleurer, comme si elle était redevenue une petite fille, ses yeux rougissent et elle les lave en contemplant le port, appuyée contre le montant de la fenêtre. De là où elle se trouve, elle ne peut pas voir le grand port, celui des ferries qui font la liaison avec la Grèce, sa chambre ouvre sur les quais. La mer pénètre à l'intérieur de la ville et dessine une sorte de fer à cheval. Lotta longtemps regarde les bateaux de pêche amarrés, la rive nord de la ville, l'approche des avions vers l'aéroport hors de vue, et le ciel bleu, sans aucun nuage, monochrome de canicule.

Absorbée par sa contemplation, elle sursaute au son d'une voix dans son dos, étouffe un petit cri de peur, c'est sa mère, elle ne l'avait pas entendue rentrer.

– *Va tutto bene ?*

Lotta n'a pas le temps de répondre que sa mère a disparu en direction de la cuisine. Elle la retrouve devant le frigo, buvant au goulot une gorgée d'eau minérale gazeuse. Sa mère la fixe droit dans les yeux pour lui demander comment elle se sent et si elle a passé de bons moments avec son père. S'excuser de ne pas être venue l'attendre à la gare ne lui effleure visiblement pas l'esprit. Sitôt le frigo refermé, sa mère quitte la pièce pour aller droit au salon se jeter sur le canapé.

En silence, Lotta la rejoint.

– Alors ? Raconte ? C'était bien ? Tu as maigri, il me semble, ton père ne t'a pas fait à manger ? Tu t'es bien amusée ?

Les questions tombent en une salve si resserrée que Lotta n'a pas le temps d'y répondre. Puis, comme toujours, les questions se resserrent pour l'étouffer.

– Et ton père, il va bien ? Il continue de vouloir changer le monde en fumant de l'herbe ?

Lotta a de nouveau envie de crier et elle se réfugie de nouveau dans le silence.

– Bon, tu dois être fatiguée, moi aussi, je suis claquée, tu me raconteras quand tu auras envie.

Sa mère rejette la tête en arrière, ferme les yeux et Lotta regagne ce qui sera sa chambre pour les prochains mois. Dans le couloir, par terre, elle voit le visage de sa mère à la une d'un journal local. Toujours le même refrain. Une femme exceptionnelle. La plus jeune commissaire de police d'Italie. Lotta marche sur le visage souriant de sa mère et le papier journal colle à son pied nu.

L'OURS

Le temps a passé sans qu'ils s'en rendent compte. Le soir tombe, vaguement, et un téléphone vibre.

– Les gars, dit l'Ours.

Il range des disques ou il fait semblant, les gars le regardent faire sans trop savoir, sans bouger non plus, à part les yeux.

– Les gars, répète l'Ours, je veux pas vous mettre dehors…

Et c'est étrange comme ses doigts sont agiles quand ils manipulent les disques, ça va à une vitesse, se dit l'Opossum, une vitesse de, une vitesse de, il cherche une image, une vitesse de machine à coudre, on doit pouvoir trouver mieux comme image mais il ne trouve pas mieux, il est fasciné, ce mec est une machine, pense vaguement l'Opossum en regardant l'Ours.

– *Get up,* dit Suricate sans se lever mais en essayant de capter le regard de l'Opossum.

– *Stand up,* dit l'Ours avec un sourire au coin de la bouche.

– *Don't give up,* faut qu'on décolle, c'est ça ? finit par comprendre l'Opossum, mais il ne bouge pas.

Il continue de regarder les disques défiler sous les doigts en aiguilles de l'Ours.

– On s'en fait un pour la route ? il demande.

Dans la poche zippée de son pantalon il en a un, qu'il a roulé ce matin, le premier qu'il a jamais roulé. Il a dû s'y reprendre à trois fois avec les feuilles, qui ne collaient pas comme il faut, et quand il a fini par arriver à quelque chose ce n'était pas encore tout à fait ça, le cône pas vraiment régulier, il a continué de le polir après, de le régulariser si c'est comme ça qu'on dit, et ça doit pouvoir se fumer maintenant. Habituellement c'est l'Ours qui fournissait, ils se contentaient de suivre.

– *No way,* dit l'Ours.

Et voilà comment ils se retrouvent sur le palier tous les deux, l'Opossum et Suricate.

L'Opossum enfonce le bouton de l'ascenseur, qui s'allume faiblardement. Ils attendent, sans parler. Suricate rajuste sa casquette. L'Opossum pianote du bout des doigts sur les portes métallisées, un rythme qui voudrait ressembler au morceau que leur a fait écouter l'Ours et qui n'y ressemble que de loin, sourdement.

– C'était bon, non ? dit l'Opossum.

Suricate fait à peine un mouvement de la tête sous la casquette, un mouvement qui est le contraire de l'enthousiasme. L'ascenseur ne vient pas, on n'entend pas même le bruit de la machinerie.

– Viens, fait Suricate, on se casse, l'ascenseur c'est pas mon truc touaçon.

Et aussitôt il s'engage dans l'escalier.

Il y a quelque chose, quelque chose que Suricate ne dit pas mais c'est clair que ça ne va pas, il le montre de toutes les manières possibles, s'il était un acteur on dirait qu'il en fait des tonnes, les lèvres qui tombent, les bras ballants, les semelles de plomb. Tout en descendant les étages l'un après l'autre, l'Opossum cherche une façon de poser la question. Il tourne les mots dans tous les sens, mais c'est compliqué de commencer une conversation.

Une fois en bas, il finit par lancer :

– Qu'il y a ?

Même pas une question.

Dehors, au pied de l'immeuble, il y a des quantités de trucs et de bazars amoncelés, meubles en kit défoncés, poussettes, vieilles lampes, pots de peinture, le ramassage des encombrants. Il y a des gens aussi, qui circulent pour trouver d'un tas à l'autre des ci et des ça au petit bonheur. Les pièces métalliques, c'est ce qui part en premier. Les hommes (ce sont presque tous des hommes) viennent avec des pinces, des chalumeaux ou comment ça s'appelle, ils prennent parfois les objets tels quels ou bien ils les désossent et partent avec ce qui les intéresse, chargent des camionnettes, vont les vider on ne sait où, reviennent, un manège qui va durer toute la soirée, fonction des arrivages.

Il faudrait trouver un endroit tranquille, se dit l'Opossum, la pensée s'insinue en lui tandis qu'il triture le joint dans sa poche, un endroit où se poser, oklm, et il n'y en a pas cinquante dans les parages. Chez lui c'est trop de monde dans trop peu d'espace. Non, en vérité, il n'y a qu'un endroit. Cet endroit, c'est la Phrase.

– Viens Suri, dit-il, on va à la Phrase.

Il n'y a qu'eux pour l'appeler ainsi. La Phrase. Les autres n'ont pas de nom pour désigner cet endroit, c'est un mur et rien de plus, au bout d'un terrain vague, à l'écart des tours. Un mur dont à vrai dire on ne sait pas bien ce qu'il sépare, fait de brique ou de béton qu'importe, la peinture du graff a tout recouvert. C'est eux qui l'ont peint à la bombe au printemps dernier. En très grandes lettres s'étale la phrase

O N A L A D A L L E

Suricate le suit sans avoir dit ni oui ni non, son visage est fermé, sourcils froncés, mâchoire vissée, il ne prononce pas un mot et pourtant il exprime quelque chose, un genre de mime. Il ne parle jamais pour ne rien dire.

– Quelque chose qui ne va pas ? finit par demander l'Opossum, l'air de ne pas y toucher.

Suricate marque un temps d'arrêt, il le regarde droit dans les yeux.

– L'Ours, il dit, j'ai l'impression que, je ne sais pas, tu crois que… il pourrait nous laisser tomber ?

– Qu'est-ce que tu veux dire ? demande l'Opossum, l'air de ne pas comprendre, alors qu'il comprend très bien.

Lui aussi a eu cette sensation, tout à l'heure. L'Ours était tellement content de son morceau, de sa musique. Et aucun des mots qu'ils mettaient par-dessus ne semblait le satisfaire.

– Enfin, poursuit Suricate, je veux pas qu'il nous laisse tomber.

– Pourquoi ? demande l'Opossum.

Suricate le regarde avec insistance.

– Je veux dire, pourquoi il nous laisserait tomber ?

– Sais pas.

Ils arrivent à l'entrée du terrain vague. L'air est doux, calme.

Au bout, la Phrase. L'Opossum respire un grand coup. Il imagine déjà la première bouffée, et rien qu'à l'imaginer il se détend, mais tout à coup, à la périphérie de son champ de vision, l'alerte, trois policiers en vadrouille qui avancent vers eux, qu'est-ce qu'ils font là ? Il sort les mains des poches de son pantalon, les policiers sont trop proches déjà pour qu'il envisage de semer le pétard, ça se verrait, il presse le pas, Suricate aussi, ils viennent vers eux, un policier dit, – Eh, les jeunes, il fait mine de ne pas l'avoir entendu, presse le pas encore, peine perdue, ils sont suivis, – Les jeunes, il sent la panique le gagner, s'il se mettait à courir ce serait une catastrophe, s'il ne s'enfuyait pas ce serait une catastrophe.

ELLIE

Ellie a dû dormir ou bien que s'est-il passé, elle veut ouvrir les yeux, où est-elle ? Il y a l'odeur des arbres et le chant d'un oiseau, il y a un rayon de soleil qui balaie sa chaleur à la surface de son visage, elle pose les mains autour d'elle, de la mousse et de la pierre, des brindilles. Mademoiselle, dit doucement une voix, mademoiselle, mademoiselle, elle ouvre des yeux étonnés, trop de lumière d'un coup, la ramure des arbres dessine un paysage d'araignée, la voix disparaît, personne autour d'elle, et lui reviennent surgies de nulle part quelques phrases apprises l'an dernier en cours d'anglais, *Then, scanning all the o'ercrowded mass, should you/Perceive one face that you loved heretofore./It is a spook. None wears the face you knew**, elle examine les alentours à la recherche de cette voix qui l'appelait mais non décidément elle ne voit personne et se peut-il qu'elle l'ait rêvée, cette voix, qui ne ressemblait à aucune voix qu'elle connaît mais qui pourtant lui semblait familière, chaude, bienveillante, elle murmure je suis là, puis elle tend l'oreille mais c'est trop tard, il n'y a plus que le vent, les oiseaux, et la réalité.

* Alors, examinant toute cette masse si nombreuse, peut-être / Reconnaîtriez-vous quelqu'un que vous avez aimé. / C'est un revenant. Nul ne porte le visage que vous connaissiez.

Quelle heure est-il ?

Ellie ramasse à côté d'elle son téléphone pour voir l'heure et quand elle l'allume elle tombe sur une page qui détaille le kit des soldats australiens pendant la Première Guerre mondiale. Chose étrange, car elle n'a aucun souvenir d'avoir consulté cette page auparavant. Elle essaie de remettre ensemble les moments dont elle se souvient dans l'après-midi. Son départ de la maison, la porte qui claque, elle s'en souvient. Marcher dans la rue, entrer dans le cimetière, elle s'en souvient. Les tombes, elle s'en souvient. La pochette d'allumettes, elle s'en souvient. La voici dans sa main. Elle a dû en gratter trois avant de parvenir à une flamme. La première bouffée, elle s'en souvient. Mais ensuite, c'est comme un grand blanc dans sa tête. La mémoire est une imprimante. Tout ce que nous vivons s'imprime quelque part dans notre tête, pense-t-elle, à chaque instant, mais il faut croire qu'il n'y avait plus d'encre cet après-midi.

C'est la première fois que ça lui arrive. En tout cas, la première fois qu'elle en a conscience. Car bien sûr on oublie, mais on oublie les choses lointaines, et on se résout à ce qu'elles disparaissent à l'arrière-plan. Ellie se rappelle le jour où elle a accompagné ses frères et sœurs (demi-frères, demi-sœurs) au Muséum d'histoire naturelle à Londres, et le petit Charlie qui avait quatre ou cinq ans avait fondu en larmes devant les gigantesques squelettes de dinosaures en réalisant qu'ils étaient morts.

« C'était il y a si longtemps », avait dit Ellie comme pour le consoler.

Les dinosaures et l'enfance et les souvenirs de sa mère impossibles à raviver et toutes ces choses lointaines étaient en train de disparaître. Mais ce dimanche même pouvait-il disparaître ?

Aujourd'hui aussi pouvait-il disparaître ? Disparaître, qu'on l'ait décidé ou non ? Ces oiseaux, ces arbres ? Le monde était-il en train de disparaître sans que l'on s'en rende même compte ?

Le cœur bat vite dans sa poitrine quand Ellie sort du cimetière, remuant ces questions en elle. Mais peut-être finalement que tout cela n'est que l'effet incontrôlé de l'herbe qu'elle vient de fumer.

Il faut qu'elle en parle à Liam.

Tout de suite.

Elle sait où le trouver.

Elle marche d'un pas rapide en direction de la gare de Nunhead. Le dimanche, d'ordinaire, Liam travaille quelques heures à la jardinerie qui fait le coin.

« Il faut bien apprendre un métier, il faut bien gagner un peu d'argent » il lui avait dit quand elle s'était étonnée qu'il fasse ça en plus du lycée et du football.

Lorsqu'elle arrive à la jardinerie il est 5 heures moins dix, la fermeture approche. Il n'y a plus un client. Liam est occupé avec le patron à rentrer des pots de plantes. Il l'aperçoit, lui fait un signe que le patron remarque. Ils échangent quelques mots tous les deux qu'Ellie n'entend pas.

– J'ai bientôt fini, lui lance-t-il ensuite.

Elle s'assied sur le muret et l'attend quelques minutes.

Quand Liam revient, il a ôté son tablier vert, ses mains sont encore terreuses. Il a des griffures et des croûtes de sang séché aux jointures.

– Ça va ? fait Ellie.

– Tu parles. On s'est fait bouffer par les Foxes.

– Les quoi ?

Liam montre l'écusson sur le maillot de foot qu'il arbore : les deux marteaux croisés sur la tunique rouge et bleu de West Ham.

– Les Foxes, répète-t-il. Leicester. Ils nous ont croqués cet après-midi.

– Et ?

– Si ça continue comme ça, on va à la catastrophe, dit Liam.

Les oiseaux disparaissent, les lions, les ours, et tout ce qui le préoccupe c'est le résultat d'un match de foot ?

Les mecs, pense Ellie.

– Mais tu ne viens pas pour ça, je suppose ? poursuit Liam.

Elle regarde autour d'eux, s'assure que personne ne traîne à portée de voix.

– Alors ? Comment c'était ? demande Liam.

– C'était… C'était…

Elle cherche les mots, qu'elle ne trouve pas. Elle veut dire *incroyable*. Elle veut dire *merveilleux*. Elle veut dire *flippant*. Elle veut dire *étrange*. Tout cela dans un même mot, si ça existe.

– Liam, j'ai besoin de quelque chose.

Il la regarde pendant qu'elle hésite à parler.

– Quoi ? Dis-le. Qu'est-ce que tu veux ?

Il sait ce qu'elle va lui demander. Enfin, il croit savoir. Mais elle ne demande rien. Elle ne dit rien. À la place, elle sort son téléphone, l'allume et le lui met sous les yeux. Il lit :

Forces impériales australiennes
Paquetage militaire/Première Guerre mondiale (1914)

Uniforme

Insigne, cuivre, grand (pour chapeau) 1
Insigne, cuivre, petit (pour col et calot) 3
Insigne, cuivre, épaulettes, paire 1
Insigne, cuivre, épaulettes, «*Australian*», paire 1
Insigne, rang 1
Bottillons, marron, paire 1
Pantalon, velours, type Commonwealth, doublure laine 2
Calot 1
Pardessus 1
Chapeau, feutre, type Commonwealth 1
Chapeau, blanc 1
Veste, denim 1
Veste «Service dress» 2
Lacets (rechange) pour bottillons, paire 1
Caleçon long, marron 1
Matricule, cuivre 2
Bande molletière 1
Chaussures, toile, blanches, paire 1
Éperons, métal 1
Mentonnière 2
Pantalon, denim 1

Kit

Sac, kit, universel 1
Ceinture 2
Brosse à cheveux 1
Blaireau 1
Brosse à dents 1
Oreiller, kaki 1
Peigne 1
Plaque d'identité 1
Caleçon, coton 2
Bande 1
Fourchette 1
Sacoche 1
Nécessaire de couture 1
Tricot 1
Couteau 1
Couteau multifonction avec fermoir, alène, ouvre-boîte, dragonne 1
Rasoir (le cas échéant) 1
Chemise, flanelle 2
Maillot de corps 2
Savon, pain 1
Chaussettes, paire 3
Cuiller 1
Serviette 2

SURICATE

D'une détente, il trace. Il aurait aimé avoir convenu d'une stratégie avec l'Opossum, avoir anticipé, mis au point des plans pour réagir si la police un jour leur tombait dessus, avoir répété des signes, ou – à défaut – avoir pris le temps d'adresser un regard à l'Opossum pour s'assurer qu'il allait lui aussi partir en courant. Seulement, la peur est la plus forte. Il panique, il pense que les flics ne se séparent jamais quand ils viennent traîner dans la cité, qu'ils ne prendront pas ce risque, et qu'ils ne poursuivront pas deux personnes en même temps, il se dit qu'il a une chance sur deux, une malchance sur deux, et il fuit, il court le plus vite possible, à s'en éclater les poumons, il file, contourne le mur, saute à travers un buisson où il est passé mille fois. Il connaît ce coin par cœur, il peut tirer avantage de sa connaissance du terrain, il court pour semer le flic si jamais celui-ci décide de le prendre en chasse, lui. Il traverse une rue en une seconde, prend sous un porche, détale entre deux immeubles, et ne ralentit que lorsqu'il comprend que ce n'est pas à sa poursuite que le policier s'est rué. Là, à bout de souffle, plié en deux dans l'ombre d'un local à poubelles puant, il s'en veut, un peu tard, parce qu'il sait que l'Opossum jamais n'aura sa rapidité, sa détente, ses réflexes. Il s'en veut. Il vient d'abandonner son ami, et il crache par terre parce que les garçons ne pleurent pas à cause des flics.

L'OPOSSUM

Il n'en revient pas, il reste figé une petite seconde, une seconde de trop, le temps qu'il faut à Suricate pour déguerpir et le laisser, seul, face aux flics. Celui qui s'était avancé en les appelant est à moins de quatre mètres, les deux autres se sont brusquement élancés vers lui, ils sont plus loin, à huit ou neuf mètres, l'Opossum perd une seconde à comprendre ce qui se passe, à observer la scène, à penser : Suricate court dans son dos, le flic le plus proche sursaute avant de bondir en avant, les deux autres policiers braquent leurs yeux sur lui, il a le temps de voir leurs visages se crisper, puis ça va vite, ils se mettent eux aussi à courir vers lui, et le joint dans la poche du survêtement, le joint qui enfle et enfle tellement qu'il envahit son cerveau, occupe tout l'espace à l'intérieur de son crâne, l'empêche de penser, l'empêche de courir, l'empêche de savoir ce qu'il doit faire, là, tout de suite. Une seconde ne s'est pas encore écoulée depuis que Suricate s'est retourné pour partir en courant, et l'Opossum a le temps de penser à mille choses, de voir mille choses, d'imaginer son père venir le chercher au commissariat, d'imaginer le regard de sa mère, d'imaginer l'amende, l'argent que ses parents n'ont pas et qu'ils devront payer tout de même, d'imaginer ses poignets liés par les bracelets métalliques des menottes. C'est long une seconde, une vie peut basculer, une peur peut devenir une stupéfaction puis une terreur puis une colère puis une rage. L'Opossum n'a pas encore bougé, à croire qu'il pèse des tonnes, que des racines ont poussé sous ses pieds, qu'il s'est transformé en pierre comme dans cette histoire étudiée au collège, de cette créature mythologique avec des serpents sur la tête qui transforme les guerriers en statues.

C'est très long une seconde, assez pour que les quatre mètres qui le séparent du flic deviennent trois mètres, assez pour que l'Opossum ait conscience de l'injustice de la situation, il n'a jamais dealé, il fume peu, il n'a qu'un petit joint dans la poche de son pantalon, et ça tombe sur lui, il n'a pas de chance, et il a la rage, bien entendu, parce que Suricate vient de le trahir, Suricate l'a laissé là, en arrière, sachant parfaitement que c'est sur lui que les trois flics vont tomber, et qu'en plus il ne leur donnera jamais le nom de Suricate, parce qu'il n'est pas une balance, il réglera ça plus tard, s'il survit à la dérouillée de son père.

Fin de la première seconde, l'Opossum se retourne pendant que le policier parcourt un nouveau mètre, et il court, ça y est, il court, trop tard, trop lourd, trop lent, mais il court, il n'est plus paralysé, il court, il est libéré de l'envoûtement de la Gorgone, il court, il reprend espoir, il sait bien qu'une main va accrocher son tee-shirt ou son épaule, mais il faut bien garder l'espoir, il a instinctivement pris la direction opposée à celle dans laquelle Suricate a disparu, l'instinct de solidarité est plus fort que la rage, il bondit sur le parking, il entend les flics lui ordonner de s'arrêter, il sait ce qu'il va faire, il doit échapper une demi-seconde à leur vue pour jeter le joint dans un buisson ou dans une bouche d'égout, ils le rattraperont, le fouilleront, ne trouveront rien et il en sera quitte pour une bonne engueulade, il rentrera chez lui, son père ne saura rien de ce qui vient de se produire, sa mère ne pleurera pas, et il aura une sérieuse discussion avec Suricate, il appellera l'Ours, l'Ours saura comment réagir au sujet de cette trahison, l'Ours ne s'emporte pas, il se tait un long moment, il réfléchit et il trouve quoi faire. Parvenu au bout du parking, l'Opossum saute sur le trottoir, il avise l'angle d'un immeuble de l'autre côté de la rue, là il balancera le joint, et jamais les flics ne pourront l'embarquer, il va y arriver, il ignore le cri dans son dos, il bondit, il se tire d'affaire, il est malin, il donne tout ce qu'il a, il entend encore le flic crier, il fonce, il ne voit rien, n'entend rien, ne s'étonne même pas du choc, il vole, il ne comprend pas, il ne sait pas pourquoi il vole, il n'a pas senti le bus le percuter, il n'a pas senti les os se briser, il n'a pas entendu le flic hurler *attention !*, il vole

oh

c'est presque beau

un millième de seconde, son esprit se dit que c'est la solution : s'il s'envole, les flics le laisseront en paix, puis il voit le sol s'approcher.

Il ferme les yeux.

Et c'est le noir.

D'un coup.

L'OURS

Resté seul, l'Ours réécoute les sons qu'il a enregistrés aujourd'hui sur l'ordi. Il est dans le noir, persienne baissée – combien de fois il oublie de lever la persienne, combien de fois sa mère entre en trombe dans sa chambre pour lui ordonner de le faire, d'arrêter de gaspiller l'électricité –, son visage est éclairé par la lueur de l'écran, et il lutte contre la tentation de sourire. Le son est bon, vraiment très bon, l'Ours s'autorise enfin à sourire largement, comme il ne se le permettrait jamais s'il n'était pas seul, il se laisse tout entier porter par la joie de la musique, il ne sait pas encore que ce son dont il est si fier sera celui de l'hommage à l'Opossum.

ELLIE

Liam avait deux plans, A et B, il est méthodique, c'est dans son caractère. Lorsqu'il a offert un pétard à Ellie, c'était pour qu'elle goûte, qu'elle aime, et qu'elle en veuille d'autres. C'est le plan A : on offre un premier échantillon de marchandise pour appâter le client. Un peu comme le cours de yoga auquel la mère de Liam se rend tous les mardis soir : on a le droit d'assister à une séance avant d'être obligé de s'inscrire. Cela s'appelle un geste commercial, une stratégie de fidélisation de la clientèle. Le plan B c'était une option spéciale, il ne l'a jamais proposée à qui que ce soit d'autre. Le plan B prévoit que, si Ellie a envie de se procurer du cannabis et si elle ne peut pas en acheter, eh bien il lui en offrirait. Avec une contrepartie. Le genre de contrepartie qu'un garçon comme lui pourrait demander à une fille comme Ellie, une fille qu'il ne cesse de regarder depuis l'école primaire. Cela en fait, des années à soupirer dans son coin, des millions de regards coulés en douce, des sourires, des phrases jamais prononcées. Malgré ses habitudes de mauvais garçon, Liam est un genre de romantique. Il vend de la résine à la moitié du lycée, il travaille le dimanche à la jardinerie, il est respecté par des types qui font deux fois sa taille et possèdent quatre fois sa masse musculaire. Il est organisé et économe, il met de côté depuis des années, il fait son business sans attirer l'attention, pas comme les types qui se vantent de dealer. Il se voudrait froid, il regarde comment agissent les *bad boys* dans les séries américaines : le détachement, la classe, le visage sans émotion, l'attitude désinvolte et les mouvements cool. Il voudrait s'endurcir, encager ses sentiments sous un blindage d'acier trempé, mais il est amoureux d'Ellie. Terriblement amoureux. Il suffit qu'il la regarde pour que son esprit se vide, d'un coup, chasse d'eau tirée sur les pensées. Avec elle, il se sent stupide, il ne trouve rien à dire d'intelligent, il rabâche de vieilles plaisanteries.

Plan A ou B, donc, mais pas de plan C. Il tombe des nues en regardant les listes d'équipement des soldats australiens durant la Première Guerre mondiale. C'est ça que veut Ellie ? Un couteau, un savon, une sacoche et une brosse à cheveux ? Elle veut se déguiser en soldat ? Il est déstabilisé et il n'aime pas ça, il préfère avoir un coup d'avance, anticiper les paroles et les actes des autres pour ne jamais se montrer surpris. Souvent, il a eu le nez fin. Pour le cannabis, il a changé de fournisseur à peine deux mois avant que le précédent se fasse coffrer.

En passant une main dans ses cheveux coupés en brosse courte, Liam marche à côté d'Ellie, il n'y a qu'en face d'elle qu'il perd son assurance.

Avec les autres filles, il parvient à garder son détachement, il est souple, fluide, rieur, il sait que ses yeux se plissent quand il sourit, il a vérifié dans un miroir, il sait jouer le jeu de celui qui n'est pas intéressé pour obliger les filles à oser le premier geste vers lui.

Rien ne marche avec Ellie. Il a juste envie d'être en sa présence. Il ne joue pas, pas avec elle, jamais. Il est vrai. Un jour, il lui avouera combien de milliers de mots il a écrits et déchirés avant de les lui passer lorsqu'il était enfant. Sans doute autant que de textos jamais envoyés par la suite.

– Tu vas à une soirée costumée ? il demande, et il ne sait pas où tout l'humour qu'il a voulu mettre dans la question a disparu.

C'est comme s'il était essoufflé sans l'être.

Ellie tourne vers lui son regard bleu transparent. Elle s'apprête à dire une chose, grimace, hésite.

– Je n'en sais rien. C'était là, sur mon téléphone.

– Et ?

– Je n'ai pas fait cette recherche.

Un ange passe, Liam avale sa salive.

– Tu l'as prêté à quelqu'un ?

– Non.

– Les petits ?

– S'ils y touchent, je leur arrache la tête.

– Un bug alors ?

Ellie se tait, elle se demande si ce que lui a donné Liam provoque des crises d'amnésie, mais elle ne pose pas la question, elle n'a pas envie de se comporter comme une gamine qui perd le contrôle.

Passe un bus, passent deux voitures, passent des bataillons d'anges pressés, passe un grand temps de silence gêné.

Liam rassemble le courage de fixer Ellie droit dans les yeux, elle soutient son regard, puis soupire, relève son visage vers le ciel qui n'a pas cessé d'être bleu.

– Bon, dit-elle, j'étais à Brockley, au cimetière, j'ai fumé ton cadeau, et je me suis endormie. À mon réveil, quelqu'un avait fait des recherches.

– Tu ne verrouilles pas ton téléphone ?

Ellie regarde Liam comme s'il était un enfant venant de prononcer une phrase stupide.

– Évidemment qu'il est verrouillé, et personne ne connaît le code. Je ne veux pas que les petits furètent dans mes affaires. Et encore moins mon père.

À petits pas, ils ont remonté le boulevard, sont arrivés à la gare de Nunhead. À l'entrée, un vieil homme vêtu d'un impeccable costume noir, avec une cravate et une chemise boutonnée jusqu'au col malgré la chaleur, s'agite et crie que ce pays ira à sa ruine, plus rien ne fonctionne, à se demander s'il reste des gens au gouvernement. L'un comme l'autre n'ont pas fait deux pas qu'ils comprennent les raisons de l'énervement de l'homme. Panne électrique. Les trains ne roulent plus. Sans un mot, ils s'éloignent. Le vieil homme, imperturbable, continue de s'époumoner, il parle aux poteaux et au portillon automatique, aux murs et aux affiches. Rien ne va plus. Il parle aux ministres et aux députés, à la reine même, ce pays tombe en morceaux.

À pied, il leur faudra une grosse demi-heure pour descendre vers leur quartier. En bus, ce ne sera pas mieux : c'est dimanche, les transports fonctionnent au ralenti, l'intervalle entre deux passages est très long.

Ils se sourient, ils marcheront, ils ont le temps. Peu de probabilités que le père d'Ellie pique une crise si elle rentre trop tard. Il sera au pub et – à dire vrai – Ellie est plutôt heureuse d'avoir une raison objective de ne pas se retrouver seule chez elle avec ses (demi-)frères et (demi-)sœurs. Liam met un gros quart d'heure avant de se détendre vraiment, il retrouve son humour en chemin, il sent son corps se relâcher, et il peut enfin faire rire Ellie qui, à son tour, oublie cette affaire de soldats australiens et commence à se sentir moins oppressée. Au moment où la main de Liam a accumulé assez de courage et de confiance pour aller à la rencontre de celle d'Ellie, il se fige. Ils sont parvenus sur Brockley Road qui longe le cimetière. Devant, à une bonne cinquantaine de mètres, trois garçons marchent dans leur direction.

– Viens, chuchote Liam. Vite.

Et il saisit la main d'Ellie, enfin, sans joie, sans ressentir le moindre picotement enflammé. La seule chose qu'il ressent au moment où il entraîne la jeune fille avec lui dans le cimetière, c'est la peur.

LOTTA

Le procès se déroule à huis clos, dans la chambre. Lotta tient tous les rôles tour à tour, la procureure, l'avocate, le témoin, la juge, la chroniqueuse. Il s'annonce difficile. Lotta passe par tous les états, l'incompréhension, la colère, l'inquiétude, la panique même. À vrai dire elle n'a pas besoin de jouer.

Où tu vas ? Qu'est-ce que tu as fait ? Qu'est-ce que tu fais ? Qu'est-ce que tu vas faire ? Tu sors ? Comment vas-tu ? Tu es rentré ? Depuis quand tu es rentré ? À qui tu parlais ? Qui est-ce ? Tu veux me dire quelque chose ? Tu as mis tes chaussures bleues en nubuck ? À quoi tu penses ? À qui tu penses ? Tu penses à moi ? Qu'est-ce qui t'est passé par la tête ? Est-ce qu'il y a une place pour moi dans ta tête ? À qui appartient ton cœur ? Tu peux le dire ? Jusqu'à quand ? Pourquoi tu ne dis rien ? Tu peux m'expliquer ? Qui es-tu ? Qui es-tu vraiment ? Qu'est-ce que tu ressens ? Il y avait du monde ? Combien étiez-vous ? Quelle heure est-il ? Pourquoi tu n'es pas là ? Où es-tu ? Où ? Jusqu'à quand ? Pourquoi ?

L'amour est un interrogatoire. Un procès par contumace, instruit en l'absence de l'accusé. Pas de preuves, pas de mobile, pas d'aveux, pourtant la flèche a bien été tirée, le cœur a bien été transpercé, pas besoin d'être expert en balistique pour s'en apercevoir. C'était une évidence.

Domenico. Domenico. Domenico. Nico. Nico. Elle répète son nom dans la chambre comme si cela pouvait le faire apparaître. Comme si pouvait revenir le moment où elle l'a vu pour la première fois. Le premier jour du stage de théâtre.

Ils étaient assis sur des chaises disposées en cercle. Chacun à son tour se levait pour lire une page d'un livre qu'il avait choisi. Avant de venir, Lotta avait longuement hésité. Elle n'aimait pas choisir. Puis finalement elle avait emporté *Roberto Zucco*, une pièce que lui avait fait lire son professeur de français, et lu la première scène, où les deux gardiens assistent à l'évasion.

Je n'entends rien parce qu'il n'y a rien à entendre et je ne vois rien parce qu'il n'y a rien à voir. Notre présence ici est inutile, c'est pour cela qu'on finit toujours par s'engueuler. [...] Je trouve inutile d'avoir les yeux ouverts à ne fixer rien, et les oreilles tendues à ne guetter rien, alors qu'à cette heure nos oreilles devraient écouter le bruit de notre univers intérieur et nos yeux contempler nos paysages intérieurs. Est-ce que tu crois à l'univers intérieur?

Quand elle avait fini de lire, le silence était d'une profondeur nouvelle. Son cœur battait un peu trop vite, ses paupières aussi. Elle avait croisé le regard de Domenico, elle y avait lu de la flamme, puis elle avait cherché le regard du professeur, qui lui avait fait signe de s'asseoir.

Pendant les deux ou trois lectures suivantes, Lotta n'avait pas été très attentive, trop occupée à son univers intérieur, à calmer sa respiration ou le battement et le bourdonnement du sang dans ses oreilles, puis c'était le tour de Domenico. Il a marqué un silence. Il tenait le livre dans une main, et gardait l'autre à hauteur de visage, le pouce face aux autres doigts. C'était une très chaude journée de juillet. Dans son pantalon gris et sa chemisette blanche, il ressemblait à un gamin qui s'en va draguer tout fringant le long des quais du Tibre. L'asphalte bouillait au soleil. Tout n'était qu'un même vrombissement.

Lotta entend claquer la porte de l'appartement. Déjà c'est sa mère qui s'en va, sans même un au revoir. Elle aura probablement laissé un mot postité sur le frigo, comme toujours. Lotta a eu à peine le temps de lui parler, et certainement pas de ce garçon, de ce *ragazzo* qu'elle a dans la peau. Les seuls témoins – et encore – étaient les dix autres participants au stage et leur professeur de théâtre, tous dispersés dans la nature maintenant.

Non, elle n'en a parlé à personne encore. Il n'est qu'à elle. Son histoire n'est qu'à elle. Et son vertige.

Quand le stage s'est terminé, elle a pensé que leur histoire aussi risquait de se terminer, comme se terminent les histoires et comme se terminent les étés, avec quelques larmes dans un dernier sursaut de chaleur étouffante. Mais Domenico lui a promis qu'ils se reverraient bientôt. Sa famille était à Naples, il étudiait à Lecce, ce n'était pas si loin, ce n'était pas impossible. Ce n'était pas fini.

Et elle l'a cru, parce qu'elle voulait le croire, et aussi parce que Domenico ne parlait pas en l'air. Sauf que… Pourquoi ne lui répond-il pas aujourd'hui ?

Elle va appeler une amie, histoire de se changer les idées. Pandora par exemple, elle est toujours partante pour sortir. Est-ce qu'elle est rentrée de vacances ? Elle cherche le numéro dans son répertoire, quand il arrive finalement. Le message de Domenico.

Mi odi ?

Deux mots, et puis rien d'autre. Comment fait-il ? Ce n'est pas lui qui pose les questions normalement, c'est à elle de le faire. En deux mots il a retourné la situation. Lotta, éperdue de nouveau. Que répondre ? Vite ? Attendre ? Est-ce que je te déteste ? Oui ou non ?

D'une main fébrile elle répond simplement :

Mio dio

Puis Domenico lui écrit d'aller à la fenêtre. La fenêtre du séjour, du côté de la rue. Ce qu'elle fait. Elle l'ouvre. Il est en bas. À peine a-t-elle le temps de réprimer un cri de surprise que Domenico se met à escalader la façade comme un monte-en-l'air, en s'aidant des gouttières et des balcons.

Il arrive. Il est là. Ce fou.

Oh Nico, Nico, perché sei tu Domenico ?

L'OURS

Au début il n'y croit pas.

Sa mère entre dans la chambre, va droit à la fenêtre, lève le volet. Elle lui ôte le casque des oreilles, et puis elle ne dit rien, premier silence. Dehors avec le soir, le ciel s'est assombri. Il y a des lumières clignotantes.

Ça ne fait pas de bruit, ce n'est pas comme dans les films. On n'a pas entendu le crissement des pneus, pas le cri de stupeur, pas entendu l'impact ni le corps qui vole et retombe et se casse en morceaux, pas entendu les sirènes des secours, le grésillement des talkies, le bip des machines cardiaques, mais la rumeur s'est propagée à une vitesse prodigieuse.

– Ama est mort, dit sa mère.

Deuxième silence.

Il se répète qu'il n'y croit pas, que ce n'est pas possible, qu'il ne peut pas l'imaginer. Il le voit devant lui, c'était tout à l'heure, sa veste à capuche, les mains dans les poches. Il pourrait presque lui parler. D'autres images plus anciennes lui viennent aussi. Les images se superposent dans son esprit, remontent d'il ne sait où, jaillissent. Il n'y arrive pas.

Machinalement, il sort le téléphone de sa poche. Il veut

téléphoner au Suricate mais ne se décide pas. Écrire un message ? Les mots ne viennent pas, et ils ne viendront pas.

– C'est un accident, dit sa mère.

Ils vont dans la salle de séjour. Son père et ses frères et sœurs sont tassés sur le canapé. Quand il entre dans la pièce, il sent leurs regards lourds, hébétés, puis leurs yeux se dirigent de nouveau vers la télévision. C'est une chaîne d'information en continu, avec des bandeaux qui défilent au bas de l'écran, des choses écrites qu'il ne parvient pas à lire. On voit une journaliste parler face à la caméra, dans une rue. Derrière elle, la lumière d'un réverbère, un arbre, le pied d'un immeuble, et un bout de la Phrase. Il les reconnaît, et il y croit encore moins. Si c'est à la télévision, ça ne peut pas être vrai, non ?

Il entend des mots, des bribes, « cité des Lendemains », « jeune garçon de seize ans », « origine sénégalaise », « échapper à un contrôle », « risque d'embrasement ». Puis, sur la moitié de l'écran, apparaît le visage de l'Opossum. Il la connaît, cette photo. Ils l'ont prise ensemble, cet été, sur le terrain de basket, quand ils jouaient à faire des selfies. Puis il est question d'autres histoires, d'autres endroits. Un sociologue, un certain Morel, dit que « ce n'est pas la première fois ».

Sans transition, on diffuse de nouvelles images du quartier. On voit des poubelles qui brûlent, et une voiture aussi.

– Nous sommes toujours en direct des Lendemains, dit la journaliste.

La sonnette de l'entrée retentit.

Le père de l'Ours se lève. Il va à la porte, regarde par le judas. Sur le palier, c'est Suricate. Il tremble. Son visage est blême. Il ne dit pas un mot. Il ne sait plus parler. Plus personne ne le sait.

ELLIE

Liam prend la main d'Ellie et commence à courir dans le cimetière. Sa main à lui est chaude et transpirante, comme il arrive quand le cœur s'emballe pour une raison ou pour une autre. Ce n'est pas de l'amour à ce moment-là, ce n'est pas non plus du désir ou aucune autre cochonnerie du même ordre pense fugacement Ellie, et heureusement encore, elle ne l'aurait pas laissé faire, elle ne l'aurait pas suivi. La main qui prend la sienne ne dit pas *je suis ton maître* ou *j'ai envie de toi*, elle ne lui propose rien, elle ne calcule pas, elle ne joue pas. Elle n'a, à cet instant, pas d'autre projet que fuir.

Ils courent en zigzag à travers les tombes et les bouquets d'arbres en suivant plus ou moins la direction du soleil mais, dès que Liam a la certitude qu'ils sont hors de vue des trois autres, il ralentit le pas. Son pouls est beaucoup trop rapide, il prend son souffle en haletant.

– Ils sont revenus, dit Liam.

Ellie ne pose pas de questions, ni qui ni pourquoi, elle continue de marcher, la tête légèrement penchée en avant, le cou dans les épaules.

– L'année dernière, poursuit Liam, le quartier appartenait aux Italiens. On disait les Italiens mais c'était une façon de parler seulement. Leur chef avait un nom qui sonnait italien, Baro ou Bugiardo ou quelque chose comme ça, et leur base était une petite pizzeria qui s'appelle Little Italy. Si tu voulais écouler un peu de… un peu de gazon, il fallait passer par eux. Tu te souviens d'un gars au collège que tout le monde appelait Doodah ? Il était peut-être un an ou deux au-dessus de nous. Une mèche brune en travers du front, une casquette rouge souvent. Pas du genre à se faire remarquer, ceci dit. C'est lui qui m'a proposé de bosser pour eux. C'était dans une soirée, j'avais raconté que j'avais besoin de fric, quelqu'un m'avait demandé à quoi j'étais prêt pour m'en faire, et moi j'avais répondu *À tout.* J'avais vraiment besoin de fric à ce moment-là, mes parents venaient de se séparer, mon père ne payait la pension que quand ça lui chantait et ma mère comptait tout, les fringues les pâtes les yaourts les stylos, tout, j'étais prêt à sauter sur la première occasion et c'était celle-là. Je me suis assez bien débrouillé, j'ai rentré de l'argent et j'en ai eu ma part, et c'est pour ça aussi qu'après j'ai pris ce boulot à la jardinerie, il fallait être capable d'expliquer comment je pouvais posséder ces baskets ou ce maillot de foot sans les avoir volés, et quelque temps après le chef, Baro, s'est fait serrer par la police avec plusieurs de ses lieutenants. J'ai continué le business. Mais même en prison, Baro tient son domaine. Ces gars-là…

– Baro derrière les barreaux, marmonne Ellie.

Des mots que Liam ne comprend pas et ne demande pas de répéter, mais qui l'ont coupé dans son élan. Il se retourne, anxieux, fouillant le paysage à la recherche des trois silhouettes de brigands.

Rien ne bouge. Un souffle de vent dans les arbres. Un groupe de quelques femmes aux vêtements sans couleur passe.

– Oh, c'était là, dit soudain Ellie.

Elle reconnaît l'endroit du cimetière où elle était cet après-midi et elle entraîne Liam vers le bosquet d'arbres, l'ange de pierre qui ne peut plus voler avec son bras cassé, et l'endroit où elle s'est allongée.

– Si ça tombe, je vais même retrouver ce qui reste de ton cadeau…

Elle fouille le sol du regard, repère les trois têtes brûlées des allumettes qu'elle a craquées, mais pas moyen de mettre la main sur le mégot du joint, et c'est sans importance, finit-elle par décider.

On peut attendre ici, c'est calme, attendre d'être certain que les gars de Baro aient passé leur chemin, malgré quoi il y a de la nervosité dans l'air.

– Je peux en rouler un autre, dit Liam.

Ellie voudrait refuser, mais elle ne sait pas comment.

– Tu vas me montrer de quelle façon tu t'y prends, alors ?

Il y a un petit banc. Liam s'assied. Puis Ellie, qui laisse entre eux une distance de sécurité. Liam sort de sa poche une blague en cuir. Il en extrait un paquet de feuilles, en prend deux, il en lèche une du bout de la langue puis les colle perpendiculairement l'une à l'autre. Il arrache un carré de carton du paquet de feuilles qu'il roule entre le pouce et l'index pour faire un filtre, pioche dans la blague une pincée de tabac qu'il dispose sur la feuille. Ellie ne perd pas un seul de ses gestes.

– Mais… c'est quoi, ça ?

– Quelle chose ? dit Liam.

– Ça, là.

Par terre à côté du banc, elle montre d'un geste du menton.

C'est une paire de souliers. Des bottillons peut-être. Une paire de vieux souliers au cuir craquelé, pleins de boue sèche, jusque sur les lacets. Ellie jurerait qu'ils n'y étaient pas tout à l'heure, quand elle était là seule. Liam regarde les souliers avec perplexité, mais il ne veut pas se montrer décontenancé.

– Le début de ton équipement on dirait. Tu devrais les essayer.

Et, pendant qu'il commence à rouler le joint, Ellie se défait de sa paire de sneakers et enfile les godillots. Le cuir, rigide, lui écorche les chevilles, mais c'est sa pointure, ou presque. Quand elle noue les lacets, une trace de poussière brune lui reste sur les doigts.

– Marche un peu avec pour voir ? s'amuse Liam.

Ellie se lève et fait quelques pas mal assurés, comme si elle avait chaussé deux pieds gauches. Elle marche jusqu'à l'ange et Liam la regarde du coin de l'œil, deux jambes trop fines dans deux trop grosses godasses, puis elle fait demi-tour.

– Aïe, aïe, grimace-t-elle.

Elle enlève la chaussure du pied droit, celle qui semble mal dessinée, et plonge la main à l'intérieur. Elle en retire une petite plaque métallique rouillée, quelques centimètres à peine. Elle passe le pouce dessus.

Sur le métal, malgré la rouille, elle parvient à lire une série de chiffres, 30353, et un nom, *Vincent*.

Elle revient jusqu'au banc en claudiquant, une chaussure au pied, l'autre à la main. Elle ne s'en est pas rendu compte mais la plaque métallique lui a entaillé la peau sous le talon. Une goutte de sang perle, puis coagule.

Ça sèche vite, le sang.

LOTTA

Domenico est là et sa présence emplit tout l'espace, masque la ville, l'Adriatique tout entière. Il est là, mi-souriant mi-penaud, à la fenêtre, de l'autre côté de la fenêtre en fait, il se tient à la rambarde de fer forgé, il a plongé ses yeux dans ceux de Lotta et le monde pourrait s'ébouler qu'elle n'entendrait rien d'autre que les battements de son propre cœur.

Il faut un temps infini à Lotta pour entendre la question que lui pose Nico.

– Je peux entrer ? il demande.

Et Lotta éclate de rire parce qu'il a escaladé la façade avec une telle assurance qu'elle ne s'attendait pas à ce qu'il se montre aussi poli ou timide.

– *Puoi entrare.*

Elle l'invite, qu'il entre, qu'il vienne, qu'il la rejoigne.

Domenico escalade le garde-fou, saute sur le parquet, l'onde de choc fait vibrer toute la pièce, Lotta ne dit pas un mot, elle recule, il la suit, ils sont maintenant dans sa chambre à elle, un grand sourire illumine le visage de Nico, il va directement se placer devant la fenêtre, ses mèches brunes se découpant en contre-jour sur le bleu infini du ciel.

Il est ici, dans ma chambre, pense Lotta.

Dans. Ma. Chambre.

Elle aurait envie de se pincer, elle ne sait pas pourquoi. Dans les rêves, on ne se demande jamais si l'on rêve. On vit les choses, même les plus étranges, sans jamais douter de leur réalité.

Nico sourit, il raconte une histoire et Lotta doit se concentrer pour écouter ce que disent ses lèvres qu'elle fixe avec insistance. Il parle de vampire. Dans les contes traditionnels, les vampires ne peuvent entrer dans les maisons, sauf à y être invités. Il demande à Lotta si elle a conscience qu'elle vient peut-être de faire entrer un vampire chez elle.

Et elle l'écoute, elle l'écoute parfaitement, entièrement, elle voudrait sourire mais son visage est bloqué sur la stupeur, elle voudrait rire de la plaisanterie, elle voudrait être naturelle, décontractée, mais elle ne peut que l'écouter, et imaginer sa bouche à lui s'approcher de son cou à elle. Même s'il était un vampire elle serait d'accord, même s'il allait la mordre, aspirer son sang, elle dirait oui. Elle n'a jamais ressenti autant d'élan, quelque chose bouillonne en elle et pourtant elle reste figée, statue de sel.

Nico passe une main dans sa chevelure épaisse et brune et Lotta demeure d'un bloc, elle n'a pas les mots pour penser ce qu'elle ressent. Les mots, ils sont banals, ils sont dans les chansons et dans les journaux intimes des jeunes filles, ils ne veulent plus rien dire. Comment on dit *amore* – amour – quand le corps est devenu un morceau de bois et que la pensée tremble comme une feuille en plein vent ?

C'est une sorte d'abandon qui immobilise Lotta, l'envie de dire oui à toutes les questions qu'il posera.

Pour peu, Lotta s'en voudrait de ressentir cet abandon ; elle n'a pas l'habitude que d'autres décident à sa place.

Puis Nico lui demande si elle n'aurait pas un verre d'eau, il fait toujours au moins quarante degrés dehors, il vient d'escalader la façade, elle réalise qu'il est en sueur, et l'espèce de bulle de stupeur dans laquelle elle était coincée comme un insecte dans un bloc d'ambre explose d'un coup.

Oui, bien sûr, elle a de l'eau. Lotta peut à nouveau bouger, elle l'invite à la suivre, rougit en retrouvant le désordre familier du couloir, tout à l'heure, elle n'avait rien vu d'autre que Nico, elle avait oublié à quel point l'endroit où elle vit ressemble à l'arrière-boutique d'un brocanteur, elle avale sa salive, respire, c'est trop tard pour faire machine arrière, Domenico la suit, ils entrent dans la cuisine avec les montagnes de vaisselle sale, avec les miettes sur la toile cirée. Au bord de l'évier, un pot de miel jamais refermé est devenu le tombeau de dizaines de mouches.

Du coin de l'œil, Lotta surveille la réaction de Domenico, elle a peur que son sourire de joie devienne un sourire d'ironie. Mais il enjambe un sac-poubelle que personne n'a songé à descendre sans paraître s'étonner.

Bien sûr, plus aucun verre n'est propre, Lotta rougit, prend une éponge et en lave deux qui traînent sur le capot de la gazinière.

Agacée, elle cherche un chiffon propre pour essuyer les verres, n'en trouve pas, claque la porte d'un placard et sent brusquement Nico, là, juste derrière elle. Il est à cinq centimètres de son dos, sa respiration est sur sa nuque, elle perçoit la chaleur de sa peau et, tout bas, il lui dit que ce n'est pas grave, il a très soif, il s'en fiche si le verre est mouillé. Lotta se retourne, l'obligeant à reculer de quelques centimètres, leurs yeux sont verrouillés, leurs regards ne se quittent plus. Sans rien dire, Domenico tend une main qui frôle la hanche de Lotta, saisit l'un des verres sur l'évier derrière elle. Son autre main effleure son épaule et ouvre l'eau. Domenico se sert un verre d'eau, ses bras encadrant Lotta qui s'appuie contre l'évier, il sourit, et son sourire est si proche des lèvres de Lotta qu'elle en cesse de respirer.

Puis, il recule un peu, boit le verre d'un coup, longuement, en rejetant à la fin la tête en arrière. Lotta observe sa pomme d'Adam. Elle ne sait plus où elle a entendu que cette bosse que les garçons ont au niveau de la gorge date du jour où Ève a fait croquer une pomme à Adam. Il n'a jamais pu l'avaler, elle est restée coincée en travers de sa gorge. C'est sans doute sa grand-mère qui lui a raconté cette histoire, sa grand-mère rabâchait sans cesse des fables morales. Petite, Lotta l'aimait beaucoup, en grandissant ça l'énervait de l'entendre raconter des histoires expliquant que la femme était l'inférieure de l'homme, la mettant tout le temps en garde contre les fautes, les hontes, les erreurs, les déshonneurs. Maintenant, elle est morte, cette grand-mère, et elle a emporté avec elle ses récits édifiants et vertueux d'un autre temps.

Doucement, Domenico baisse la tête et plonge à nouveau son regard dans celui de Lotta. Ses gestes sont un peu trop lents, peut-être, et c'est la première fois que Lotta se demande si Domenico ne joue pas, elle se demande s'il n'est pas trop conscient de ses effets. Après tout, ils se sont rencontrés à un stage de théâtre. Lotta veut savoir comment il l'a retrouvée, et il éclate de rire, elle lui a envoyé au moins trois fois son adresse par SMS. Lotta rougit, puis il dit une chose, une chose étrange.

– Est-il vrai que même les chiens me regarderont de travers ?

Si elle reconnaît immédiatement la phrase – c'est une réplique de *Roberto Zucco*, le texte qu'elle avait choisi de lire lors du stage de théâtre –, elle se demande pourquoi il la prononce maintenant.

Le visage de Domenico se ferme d'un coup.

– J'ai fait une chose terrible, il dit, *una cosa terribile,* j'ai besoin de me cacher.

Et là, Lotta comprend que ce qui l'a conduit jusqu'à elle n'est pas forcément ce qu'elle avait rêvé.

L'OURS

C'est comme un poids qui tombe sur les épaules, un poids insurmontable, un poids qui casse le dos, les os, un poids qui transforme le corps en poussière, un poids que personne au monde n'aurait la force de soulever. Et ce poids tombe et tombe et tombe encore. Et tombera pour longtemps.

Groggy, l'Ours s'est rendu sur place, c'est-à-dire à quelques pas de chez lui, là où les gyrophares tournoient – rouges, bleus – et où les caméras attendent ce qui ne va pas manquer de se produire.

De toute la cité, les gens sont venus, en silence. L'information a circulé à la vitesse de l'éclair. Les gens ont besoin de voir, d'être présents. Des mères ont les yeux rouges d'avoir pleuré ce fils qui n'était pas le leur.

Le cerveau de l'Ours est partagé en trois cases distinctes. Dans l'une d'elles, l'Opossum occupe tout l'espace. Sa longue silhouette voûtée, ses lacets interminables jamais noués, son sourire. Oh, son sourire. Est-il possible que quelqu'un cesse de sourire à tout jamais ? L'Ours revoit l'Opossum à l'école primaire dire que plus tard il serait gardien de l'OM. Des années durant, Suricate et l'Ours l'ont charrié à ce sujet. Les rares fois où il s'est retrouvé dans une cage de but, l'Opossum n'a jamais arrêté un ballon, même par accident. Il était lent, encombré de son corps, et souriant. L'Ours en revient toujours à son sourire, à ses vannes qui ne faisaient rire que lui. Cela fait combien de temps qu'ils se connaissent ? Ils étaient ensemble à l'école primaire, puis au collège, c'est comme s'ils étaient frères.

Dans la deuxième case du cerveau de l'Ours, la rage recolore tout ce qu'il voit en rouge sang. Il avait quoi dans ses poches l'Opossum ? Une boulette ? Quelques grammes ? On peut mourir pour quelques grammes de résine, sans doute coupée avec de l'huile de vidange ou du henné, voire avec pire, pour qu'elle pèse plus lourd. L'Ours sait très bien que ce qu'ils fument est une saleté coupée et recoupée, allongée au maximum. Dès que quelqu'un achète un peu de résine de cannabis de bonne qualité, il y ajoute tout ce qu'il a sous la main pour doubler – voire tripler – son poids et la revendre plus cher. C'est la loi du marché. Et c'est la loi des cités : plus on est pauvre, plus on fume de la merde. Il faut avoir de l'argent et habiter les beaux quartiers si on veut fumer bio. Si ça se trouve, dans la boulette de l'Opossum, il n'y avait plus une molécule de drogue. Et cela n'aurait pas empêché les flics de lui faire passer un sale quart d'heure, d'appeler ses parents, de gonfler la prise. Parfois, ils attrapent un môme et ils agissent comme s'ils avaient serré un dealer, ou le chef d'un cartel colombien.

Dans la troisième case du cerveau de l'Ours se joue la scène qui va bientôt se produire. Ici, aux Lendemains, dès que les journalistes débarquent, ça finit mal. Justement parce qu'ils ne viennent qu'attirés par l'odeur du sang. Ils ne sont pas là lorsque les huissiers réveillent une vieille dame à 7 heures du matin pour la virer de chez elle et confisquer ses meubles. Les journalistes ne se déplacent pas pour constater qu'il y a tellement de cafards et de rats dans les immeubles qu'il est impossible de garder un paquet de nouilles ou de riz dans un placard sans le retrouver grignoté. Ils n'en ont rien à faire que tout le monde ici achète des boîtes hermétiques en plastique pour protéger le sucre et la farine de la vermine, tout comme ils ne se déplacent pas lorsque les locataires écrivent aux propriétaires pour dire que l'eau qui s'accumule sur les terrasses finit par dégouliner le long des murs dans les chambres les soirs d'orage. Non, la télé, elle vient quand un scooter percute une voiture de patrouille, ou quand un ado poursuivi par deux policiers passe sous un bus. Alors, l'Ours le sait, bientôt, la rage va se répandre. Une pierre volera contre la vitre du camion régie de la télévision, les policiers répliqueront, et cette nuit tout va exploser : les voitures vont cramer, les portes vitrées des halls comme les abribus vont finir en miettes. C'est évident. Tout le monde le sait : les habitants aux fenêtres, les jeunes de plus en plus nombreux qui postent photo sur photo de l'attroupement sur Instagram, les cousins de l'Opossum, la communauté sénégalaise qui ne va pas laisser mourir l'un des siens sans réagir. D'ailleurs, le drame dépasse largement le cadre strict des communautés. Avant d'être sénégalais, l'Opossum était un enfant de la cité, et c'est toute la cité qui le pleure maintenant.

Quelque chose va se produire. Les flics le savent aussi, et les journalistes l'espèrent. C'est beau, une émeute, ça fait de belles images, ça permet de faire de l'audience au 20 heures. Ça permet de voter des lois pour la sécurité, ça sert aussi à convaincre les gens que rien de bon ne peut venir des cités, pas la peine de tendre la main à qui serre le poing en retour.

L'Ours ne sait pas ce dont il a envie. Il ne sait pas s'il préfère que tout s'enflamme ou que tout s'éteigne. Il ne sait pas s'il a envie de crier sa rage ou de pleurer en silence.

L'air vibre d'électricité, c'est comme si une grenade venait d'être dégoupillée là, sous les yeux de la foule, et que tout le monde attendait le moment où elle exploserait. L'Ours sent les poils de ses avant-bras se dresser, l'électricité fait battre les cœurs, affole les pensées, tend les muscles, crispe les visages et serre les dents. Une drôle d'odeur flotte dans le quartier, comme celle de l'ozone lorsque la foudre déchire le ciel.

Plusieurs chaînes de télé filment, pas seulement les locales, des équipes sont arrivées de Paris à toute vitesse. Le cocktail est parfait : Marseille + course-poursuite + mort d'un adolescent = un bon moment de télévision. Dans son dos, l'Ours entend une voix dire que si l'on était dans les quartiers nord ou aux Baumettes, ça aurait déjà dégénéré. Une rumeur circule, un ministre va se déplacer, quelqu'un quelque part lance une première pierre en direction d'un cameraman, et tout de suite ce qui était tapi se déploie d'un coup : les CRS chargent en direction du jet de pierre, des lacrymos sont tirées, les mères de famille qui s'étaient réunies avec leurs petits dans les bras poussent des hurlements de peur, et une voiture garée là est en train de brûler.

Le chaos ne demandait qu'à naître. Les flics vont à la perfection jouer leur rôle de flics et les jeunes qui ont masqué leurs visages sous leurs capuches rabattues vont à la perfection interpréter leur rôle de casseurs de banlieue. La télévision aura ce qu'elle souhaite et les Lendemains montreront à la nation que l'on ne tue pas l'un de ses enfants impunément.

Un coup de vent rabat les lacrymogènes en direction de l’Ours qui bat en retraite. Au loin, il voit un journaliste sourire. La télévision a trouvé ce qu’elle est venue chercher : un spectacle. Puis une main se pose sur son épaule, l’Ours se retourne et voit le visage du Chacal tout près de lui. Le Chacal ne s’appelle pas le Chacal, bien sûr, pas plus que l’Opossum n’était l’Opossum. Le Chacal, personne ne lui dira en face le surnom qui lui colle à la peau, son vrai nom c’est Momo, un gars qui a lâché l’affaire au collège dès qu’il a passé la barre des seize ans. Son surnom, il l’a gagné en faisant des petits trafics, en roulant des mécaniques, en tabassant plus faible que lui. Aux Lendemains, le Chacal rend des services, il fait le guet lorsque les dealers viennent fourger leur camelote, il transporte des choses qu’il faut transporter, il en cache d’autres, il laisse traîner ses oreilles et ses yeux, il raconte ce qui doit être raconté aux bonnes personnes. Personne n’aime être en sa présence, la violence chez lui a souvent remplacé le langage. Instinctivement, l’Ours se tend, ce n’est jamais bon quand le Chacal a un truc à te dire. Mais le Chacal lui sourit et le félicite. L’Ours ne comprend pas très bien, le Chacal lui montre sur son smartphone : le son, le free style de l’Opossum, sa voix qui faisait rimer *cage* avec *rage*, *flicage* et *matraquage*, *sabotage* et *langage*. Quelqu’un a posté la vidéo sur Internet, quelqu’un d’autre l’a mise sur YouTube, quelqu’un l’a partagée sur Facebook. Pas la peine de chercher bien loin, seul Suricate a filmé. Le Chacal dit à l’Ours que le son est génial. Que c’est un hommage magnifique. C’est le mot qu’il emploie, *magnifique*, et l’Ours voit briller autre chose que de la haine dans les yeux du Chacal, il y voit de l’admiration.

Hébété, l’Ours prend le téléphone des mains du Chacal.

La vidéo vient de dépasser les cent mille vues, elle est en passe de devenir virale.

Un lacrymo perdu échoue entre leurs jambes, l'Ours rend le téléphone et chacun part en courant se protéger comme il peut.

LOTTA

Domenico tire une chaise en formica et s'assied, pose les coudes sur le bois de la table et la tête dans les mains devenues du bois elles aussi et respire d'un mouvement long, profond, bruyant, comme s'il cherchait à éliminer une tension, et de fait la tension entre Lotta et lui dans la cuisine tombe abruptement, la scène change, les rôles changent, ils sont redistribués, Lotta tu n'es plus l'amoureuse éperdue prête à sombrer dans les bras de ton partenaire, Domenico tu n'es plus le héros flamboyant, tu n'es plus le Cid revenu d'entre les Maures, maintenant tu es un fugitif, un fuyard, et toi Lotta tu joues la peur, ou plutôt non, tu n'as pas peur de lui, tu l'aimes, tu l'aimes et tu ne le comprends pas, alors tu joues l'inquiétude.

C'est un rôle pour toi, Lotta, tu as toujours connu ça, l'inquiétude. Ton père qui se détruisait la santé en silence et en cachette. Ta mère qui partait à n'importe quelle heure du jour et de la nuit au-devant de n'importe quel danger, dont elle ne voulait – au prétexte que tu étais « trop jeune pour comprendre » ou, disait-elle, pour t'éviter de « faire des cauchemars », ce qui ne produisait bien sûr que l'effet contraire – rien te dire. L'inquiétude que faisaient germer en toi les fables de ta grand-mère.

Tu te souviens de la légende de Colapesce ? Colapesce était un jeune homme qui passait son temps dans la mer, à nager. Pour cela, sa mère le maudit : « Puisque c'est ainsi, qu'il ne remette jamais les pieds sur la terre ferme ! » Depuis ce jour, Colapesce ne sortit plus de la mer et il ne cessa jamais de nager. Pour s'abriter, il se faisait avaler par de gros poissons dont il ressortait en leur ouvrant le ventre depuis l'intérieur, à l'aide d'une lame. Puis la peau de Colapesce peu à peu se couvrit d'écailles, et voilà comment il vécut, poisson parmi les pêcheurs, pêcheur parmi les poissons.

LOTTA
Quelle chose ? Quelle chose terrible ?

DOMENICO
Il remue la tête dans les mains. Puis la relève.

LOTTA
Dis-moi. *Un temps.* Dis-le-moi.

DOMENICO
Je ne peux pas.

LOTTA
Tu peux tout me dire, *lo sai* ? Tu me l'as promis.

DOMENICO
Qu'est-ce que je t'ai promis ? Je ne me souviens pas.

LOTTA

Le dernier soir au théâtre, tu m'as dit que nous n'aurions pas de secrets l'un pour l'autre. Tu m'as dit que tu me dirais tout. Je t'ai dit moi aussi que je te dirais tout.

DOMENICO

Et tu m'as tout dit ?

LOTTA

Elle se lève. Vacille. Ouvre le réfrigérateur et en sort une assiette de figues fourrées aux amandes, qu'elle pose sur la table. Elle en prend une qu'elle grignote nerveusement. Pousse l'assiette en direction de Domenico.

Mange. Après, tu me diras.

DOMENICO

Je n'ai pas faim.

LOTTA

Moi, je peux tout entendre.

DOMENICO

Il garde le silence.

LOTTA

Dis-moi.

DOMENICO

Il vaut mieux... Il vaut mieux pas.

LOTTA
Dis-moi au moins pourquoi tu ne me dis rien.

DOMENICO
Parce que… Parce que… Parce que…

LOTTA
Elle attend. Son inquiétude peu à peu se couvre des écailles de l'impatience. Le téléphone sonne.
Pronto ?

VOIX
Lotta ? C'est Pandora. Je passais dans ta rue, et j'ai vu la lumière. Je peux monter ?

LOTTA
Je… Non… Oui… Tu es… Oui, viens.

VOIX
Il faut que tu m'ouvres.

LOTTA
Bien sûr, Dora, bien sûr je t'ouvre. *Elle se tourne vers Domenico.*
C'est une amie. Elle arrive.

En vérité Pandora était une amie, jusqu'à il y a un an. À présent, elle est bien plus que cela. L'été dernier, Lotta était avec son père du côté de Nice, ils avaient randonné dans le parc du Mercantour. Les vacances se terminaient, ils étaient en voiture, et ce serait une longue route. Son père avait dit à Lotta qu'il serait bien qu'elle envisage de passer le permis, comme ça ils pourraient se relayer. Au lieu de quoi, dès la frontière franchie et le réseau récupéré, Lotta pianotait sur son téléphone, échangeait des photos, envoyait des messages. Ils avaient déjà beaucoup roulé, Lotta avait les jambes engourdies, elle commençait à avoir faim, on s'arrête bientôt ? Sans quitter la route des yeux, son père avait répondu d'une voix douce qu'ils feraient une pause quand ils auraient passé Gênes. Pandora avait appelé à ce moment-là. La liaison était mauvaise, sans compter tous les tunnels routiers à l'entrée de la ville. Pandora avait quelque chose d'urgent à dire à Lotta. Celle-ci avait demandé à son père de s'arrêter à la première occasion, et c'est ce qu'il avait fait. Peu de temps après, alors qu'ils étaient encore sur l'aire de repos, le pont Morandi qui surplombe la ville de Gênes s'était écroulé. Lotta devait une vie à Pandora. Et même deux.

VOIX
Ci sono !

LOTTA
Entre... Dora... Viens... Mais... Tes cheveux sont tout humides...

PANDORA
Je suis allée me baigner, oui. Je remonte de la plage.

LOTTA
Seule ?

PANDORA

Elle fronce un sourcil et se retourne vers la porte d'entrée.

Si on ne m'a pas suivie…

Elle rit.

LOTTA

Il y a quelqu'un ici.

PANDORA

Quelqu'un ? Tu veux dire… quelqu'un… ?

LOTTA

Elle baisse la voix.

Nico. Il est là. Je t'expliquerai.

Domenico a déplié le journal qui était sur la table, *La Repubblica*. Il lit un article qui débute en première page et parle d'émeutes en France, à Marseille, illustré par une voiture en flammes – émeutes que le ministre de l'Intérieur italien, avec un sourire fourbe et malin, s'est empressé de qualifier de « déplorables mais combien prévisibles conséquences de cette incendiaire politique d'accueil qui conduira l'Europe à l'embrasement ». Lotta et Pandora entrent dans la cuisine. Domenico tourne les pages du journal pour trouver la suite de l'article. Mais le journal est découpé à l'intérieur.

DOMENICO

Il lève la tête vers Lotta et Pandora.

Elle est où, la suite ?

ELLIE

Dès la première bouffée, Ellie sait qu'elle commet une erreur. Elle n'a pas envie de ce joint, elle se sent nauséeuse. Pourtant, elle garde longtemps la fumée en bouche avant de la rejeter par les narines. Un léger mal de tête s'est formé sous son crâne, son corps lui envoie des signaux auxquels elle refuse de prêter attention. Elle ne veut pas d'une migraine, pas plus qu'elle n'accepte que la boule acide qui s'accumule dans sa gorge lui gâche l'après-midi.

Lentement, Liam lui prend le joint des mains et tire une longue bouffée à son tour. Le père d'Ellie raconte souvent une histoire : si l'on boit du vin dans le verre d'une autre personne et que l'on pose ses lèvres à l'endroit où la personne a posé les siennes, on devine ses pensées. Est-ce pareil avec une cigarette ou un joint ? Liam avale la fumée, ses lèvres ont pris la place de celles d'Ellie sur le petit filtre en carton. Va-t-il lire dans ses pensées ?

Ellie lève la tête vers le ciel si bleu pour chasser les stupidités qui moulinent dans son cerveau. La nausée gagne en intensité. Une courte seconde, elle a l'impression que sa tête tourne. Sans doute a-t-elle bougé trop vite. Son propre corps la trahit. Elle voudrait pouvoir se laisser aller tout en gardant la maîtrise de ses actes. Il ne manquerait plus qu'elle vomisse en présence de Liam.

Passe un temps, de pur silence, tandis que le joint circule d'une main à l'autre, d'une bouche à l'autre.

Un frisson parcourt le dos d'Ellie, de grosses gouttes de sueur se forment sur son front, dans son cou, au pli des coudes. Il est hors de question qu'elle cède, qu'elle fasse sa timorée. Elle fumera jusqu'au bout. La douleur, sous son pied, la lance avec régularité. Une piqûre qui pulse chaque fois que son cœur propulse le sang dans ses veines.

À Noël dernier, Ellie a vécu la pire fête de sa vie. Les cadeaux, la musique des Disney en fond sonore, la préparation du repas, il n'y en avait que pour ses frères et sœurs (demi-frères, demi-sœurs). Son père avait décidé qu'elle était trop grande maintenant, qu'elle avait passé l'âge de recevoir des cadeaux. Sa belle-mère, elle, avait agi comme d'habitude : comme si Ellie n'était pas là. En un sens, ce serait plus simple si sa belle-mère lui criait dessus, au moins Ellie existerait. Depuis que son père s'était installé avec cette femme (depuis que cette femme était venue s'installer chez son père, plutôt, avec ses quatre enfants, deux fois deux jumeaux), Ellie et elle n'avaient pas dû échanger plus de dix mots.

Le père d'Ellie tient un bar à vin, il s'est souvent vanté que le vin était plus civilisé et plus noble que la bière. Il vend au verre des vins français principalement, et Ellie sait bien que les affaires marchent mal. Faire venir du vin en Angleterre coûte cher, la mise en place du Brexit a rendu son père terriblement inquiet et nerveux. Le prix des marchandises importées d'Europe grimpe chaque jour, l'Angleterre se replie sur elle-même. Pour ne pas avoir à augmenter le tarif des consommations, le père d'Ellie a rogné sur ses marges. La fermeture des frontières entraînera celle de son bar. Qui a envie de payer dix euros un verre de vin français ?

Toujours est-il qu'Ellie savait qu'elle n'aurait pas de cadeaux pour ce Noël-là, mais cela lui a fait bizarre de voir les petits déballer des montagnes de jouets. Et les choses sont parties en vrille lors du repas. Depuis un an, Ellie avait décidé de ne plus manger de viande. Au début, son père s'était énervé, il avait pensé à un caprice, une lubie, il avait continué de servir de la viande et Ellie s'était contentée de picorer les légumes. Sa belle-mère n'avait pas fait plus d'efforts. Ce qui apparaissait comme une lubie était devenu une habitude, Ellie se débrouillait pour manger des demi-repas. Elle tenait bon, personne n'en parlait, elle sentait parfois peser sur elle des regards agacés, mais les petits étaient toujours affamés, il y en avait toujours un des quatre qui était volontaire pour récupérer le steak de son burger.

Le soir de Noël, sa belle-mère lui avait déposé une tranche de rôti dans l'assiette, l'avait fixée droit dans les yeux, et lui avait dit que c'en était fini des caprices, elle mangerait sans protester ce qu'on lui donnerait.

Deux minutes plus tard, Ellie était roulée en boule dans son lit avec l'estomac vide, deux des petits pleuraient, une assiette avait volé à quatre mètres de la table pour exploser contre un mur, et la belle-mère piquait une crise dans le salon. Longtemps, Ellie avait tendu l'oreille dans l'espoir d'entendre son père prendre sa défense. En vain.

Plus tard, quand tout le monde dormait, Ellie s'était relevée, elle avait débouché une bouteille de bordeaux dans la cuisine, et elle l'avait bue, entièrement, bien qu'elle n'ait jamais aimé le goût du vin, jusqu'à ce que son estomac dise stop et qu'elle coure vomir dans les toilettes.

Là, en cet instant, Ellie ne se sent pas mieux. La blessure au pied pulse, le mal de tête croît, et la nausée devient de plus en plus pesante, de plus en plus acide. Liam dit une chose qu'elle n'entend pas. Elle tourne le visage vers lui, il regarde quelque chose sur son téléphone, il siffle entre ses dents. Ellie approche dangereusement sa tête de celle de Liam. Sur l'écran, on voit une chambre d'adolescent, un jeune garçon – micro en main – sautille tandis que derrière lui un autre garçon scratche. Tous les deux sont noirs. Liam écoute la vidéo d'une oreille, il tend l'autre oreillette à Ellie, le fil est court, leurs visages se touchent, joue contre joue. Ellie entend le son, lourd et massif, elle ne comprend pas ce que chante celui qui tient le micro, elle a un doute sur la langue. De l'italien ? De l'espagnol ? Non, du français.

À voix basse, Liam explique que le garçon qui chante vient d'être tué par la police, en France, et que la vidéo se répand partout dans le monde. Le drame s'est passé il y a à peine deux heures. Ellie a un petit mouvement de recul, mais le fil dans son oreille l'empêche de se rejeter en arrière. Elle observe le visage du garçon : jeune, si jeune, mince, les os de ses pommettes saillent, il a son âge, exactement, et elle l'écoute improviser un chant qu'elle ne comprend pas. Le mal de tête empire, la nausée aussi, la piqûre sous son pied pulse comme un second cœur. Et le garçon sourit en rappant, et son sourire illumine son visage de douceur, et le son est bon, très bon. La vidéo dépasse le million de vues, déjà. Le dernier commentaire est signé *Banksy Official*. Ce son est en train de faire le tour de la planète. Le sourire et le flow du garçon mort deviennent des icônes.

– *The Bear,* dit Liam.

Comme Ellie ne comprend pas, il explique que le garçon qui mixe aux platines et qui a composé ce son s'appelle l'Ours. Liam a fait français au lycée, il sait qu'un ours est *a bear.*

La tête d'Ellie tourne, elle regarde la silhouette de celui dont les doigts volent au-dessus des platines. Il se tient dans l'ombre, au fond de la chambre, il est large d'épaules, corpulent. Et le son est incroyable. *Massive Attack Official* commente en présentant ses condoléances à la famille et aux amis du garçon décédé. Damon Albarn de Gorillaz annonce qu'il va contacter l'Ours pour lui demander l'autorisation de reprendre ce son et de composer un hommage au garçon tué par la police. Ama, c'est le nom de celui qui sourit micro en main. Sur la vidéo, il bafouille à un moment, éclate de rire, arrête de rapper, et le son de l'Ours, incroyable, continue de battre comme un cœur. Et Ellie sent la nausée s'accumuler au bord de ses lèvres, et elle bondit loin du banc au moment où Liam tente de l'embrasser de force.

LOTTA

Domenico s'interrompt lorsque son regard croise celui de Pandora. Il reste figé, un peu stupide, le journal découpé à la main tandis que Pandora ne le lâche pas des yeux. Un silence s'installe, un court silence alourdi par la pesanteur des regards croisés. Le jeu est fini, il se passe une chose, une chose grave. Lotta sent son cœur remonter jusqu'au bord de ses lèvres. Ces deux-là, elle pense, ils se connaissent.

La scène est figée, longtemps, trop longtemps, c'est-à-dire cinq ou six insupportables secondes.

Puis Pandora sourit, et elle rompt le silence.

– *Sono Pandora,* elle dit.

Nico se présente à son tour, ils s'embrassent en mimant parfaitement ceux qui ne se connaissent pas. Le cœur de Lotta cogne à toute vitesse. Elle n'a pas pu se tromper. Pandora et Domenico se sont trahis, ils ont baissé la garde avant de se reprendre.

Lotta rembobine le film.

D'abord Domenico déboule, ensuite il parle d'une grosse bêtise, ensuite Pandora arrive, puis leur silence à tous les deux, le temps qu'ils ont mis à détacher leurs regards. Quelque chose ne va pas. Lotta ne voudrait pas paraître parano, elle n'est pas du genre à se faire des idées pour rien. Il n'y a aucune raison que Pandora et Domenico se connaissent. L'une n'a jamais fait de théâtre, l'autre vit à des centaines de kilomètres de Brindisi. Et Pandora est plus que sa meilleure amie, c'est son ange gardien, sa confidente, sa sœur, sa tendresse, son cœur.

Alors ?

Lotta les regarde échanger quelques mots, elle a l'impression devoir deux comédiens jouant une scène : leurs mouvements, leurs déplacements, la façon qu'a Pandora de tirer en arrière ses longs cheveux mouillés, la manière dont Domenico a glissé son poing gauche dans la poche arrière de son jean, tout cela paraît chorégraphié. L'un comme l'autre semblent suivre les consignes d'un metteur en scène qui leur aurait demandé d'être naturels.

Ils jouent un spectacle pour qu'elle ne se doute de rien.

Brusquement, Pandora brise le quatrième mur : elle s'adresse directement à Lotta, l'unique spectatrice de cette pièce écrite par un auteur inconnu.

– Tu vas bien ? Tu as l'air d'avoir vu un fantôme.

Lotta déglutit. Elle se fait un film. Ce n'est pas possible autrement. C'est comme lorsque l'on a la sensation d'avoir déjà vécu une chose. La dernière fois, c'était cet été avec son père, un matin où elle s'était réveillée très tôt, alors qu'ils étaient en France, elle avait enfilé un long tee-shirt qui lui descendait sous les genoux, elle pensait que son père dormait toujours, elle l'avait trouvé dans la cuisine, assis à la table, le regard dans le vide. Il avait sursauté, et lui avait tout de suite proposé d'aller se baigner avant le petit déjeuner. Lotta avait accepté et soudainement il lui avait semblé avoir déjà vécu ce moment. La sensation ne l'avait pas quittée tandis qu'elle enfilait un maillot sous ses vêtements dans la chambre de location, le déjà-vu l'avait accompagnée jusqu'au moment où elle était entrée dans l'eau. Son père qui ne savait pas se conduire autrement que comme un gamin l'avait éclaboussée, elle avait hurlé de surprise, avait répliqué, et l'étrange sensation avait disparu.

Lotta avait lu quelque part que les déjà-vus étaient la preuve que l'on avait vécu d'autres vies avant la nôtre. Et ailleurs, qu'ils étaient le symptôme d'une grande fatigue émotionnelle.

Domenico s'approche d'elle.

Pandora repose sa question.

– *Va tutto bene ?*

Lotta secoue la tête. Elle a rêvé, sans doute. Elle leur demande s'ils se connaissent. Pandora éclate de rire. Lotta lui a sans doute envoyé douze mille messages au sujet d'un mystérieux garçon rencontré durant le stage de théâtre. Domenico rougit en écoutant cette confidence. Il sourit benoîtement. Lotta n'a pas eu le temps de lui parler de ses amies, répond-il, et c'est le tour de Lotta de rougir. Heureusement, Pandora éclate de rire. Un peu trop fort, peut-être, un peu trop théâtralement, peut-être…

Lotta a du mal à s'extraire du malaise. Peut-on mentir en riant ?

– Tu demandais quelque chose ? fait Pandora en désignant le journal que Domenico n'a toujours pas lâché.

– Oh, rien, je lisais un article sur la mort d'un garçon, hier à Marseille, et je n'avais pas la fin. Cela t'arrive souvent de découper les journaux ?

Lotta sourit à son tour, la sensation de bizarrerie reflue. C'est sa mère qui a fait ça. Sa mère passe son temps à collectionner des articles qui l'intéressent.

– Elle est journaliste, ta mère ?

Pandora ne laisse pas Lotta répondre, elle éclate à nouveau de rire, dit qu'elle n'a plus à se sentir vexée que Lotta n'ait pas parlé d'elle à Domenico puisqu'elle ne lui a rien dit sur sa propre mère.

– La mère de Lotta est une célébrité, elle ajoute.

Et Lotta voudrait que son amie se taise, elle a la sensation qu'une chose terrible va se passer. Mais c'est trop tard, Pandora n'a pas croisé son regard, Pandora continue sa phrase.

– Madame le commissaire de police. La plus jeune commissaire de toute l'Italie, et la plus brillante. Elle finira ministre un jour.

Le visage de Domenico, Lotta l'a fixé à s'en brûler les yeux. Elle a vu comment il s'est affaissé d'un coup lorsque le mot *commissario* a été prononcé. Cette fois-ci, Nico n'a pas pu masquer son trouble, il est quasiment resté bouche bée.

Il se tourne vers Lotta, voit qu'elle le fixe, se reprend mais sait qu'elle a vu ce qu'il aurait dû cacher.

– Il faut que j'y aille, il dit.

Et sans laisser le temps à Lotta de réagir, il est parti.

Fin de la pièce, rideau.

La porte d'entrée claque. Le dernier bruit que l'on entend est celui d'une fuite dans l'escalier. Les spectateurs gênés n'osent pas applaudir. Seule reste Lotta transformée en statue, et Pandora qui réalise un peu tard qu'elle a parlé trop vite.

La porte d'entrée se voile, ondule doucement.

Les larmes dans les yeux de Lotta brouillent sa vue, et Pandora ouvre grand ses bras pour que son amie vienne se blottir contre elle.

Le corps de Lotta est comme une bûche. Raide, sec, vaincu.

Avec douceur, Pandora chuchote à son oreille qu'elle est une idiote, qu'elle aurait dû se taire, qu'elle a été frappée par la ressemblance quand elle a vu Domenico mais qu'elle n'a pas pensé que cela pourrait être vraiment lui.

– Ressemblance ?

Lotta ne sait pas de quoi son amie parle. Elle se sent brisée en petits morceaux de douleur.

– Oui, la ressemblance, avec le portrait qui a été diffusé ce matin dans les journaux.

ELLIE

– Connard. Connard. Connard de merde. Sale mec. Dégage. Dégage, putain. Casse-toi. Casse-toi. Casse-toi de ma tête. Connerie de monde de merde. Saloperie. Saloperie de merde. Connard. Connard.

Les mots sortent maintenant, après coup. Sur le moment non. Sur le moment elle s'est dégagée de lui, de Liam, elle l'a giflé, elle s'est levée. Elle est partie aussi vite qu'elle a pu. Avec aux pieds ces chaussures sorties de nulle part. Pas possible de courir avec des grolles pareilles. Elle marche. Vite, vite, elle s'en va. Droit devant elle. Tête baissée. Évitant les regards, et n'importe quel contact.

Connard de putain de chien. Monde de chien. Chiennerie. Tous des chiens. Les mots désormais lâchés, déchaînés, qui sortent plus vite qu'elle ne peut les penser, qui fusent comme la vapeur d'une cocotte d'eau bouillante pour en faire petit à petit diminuer la pression sauf que la pression ne diminue pas en elle, le sang cogne à ses tempes, à ses lèvres, dans ses poings, le cœur boumboume tout ce qu'il peut, que personne ne vienne se mettre en travers de son chemin.

Elle sent le rouge à son front, la sueur qui goutte entre ses sourcils et lui brouille la vue, la brûlure dans le haut du corps. Et quelque chose comme une idée commence à germer dans sa tête, ce n'est pas exactement une idée, c'est loin d'être aussi clair et limpide que la tige d'une idée, quelque chose comme une fleur de soufre sublimé – celles qui éloignent les animaux sauvages ou les bêtes traquées.

– *Mind out !* dit une femme qu'elle bouscule à l'arrêt de bus, sans ralentir ou même tourner la tête.

Traquée, oui, c'est exactement comme elle se sent, la menace qui lui court après, tout, autour d'elle, susceptible de l'agresser, et aucun endroit où s'abriter. Rentrer chez elle ? Pour récolter une nouvelle engueulade ? Avec ses frères et sœurs (demi-frères, demi-sœurs) qui vivent encore dans les roseurs et les candeurs ? Hors de question. Elle sent le jeu de clés dans sa poche, elle serre le poing autour des dents de métal à s'en faire mal, serre encore au-delà de la douleur.

Des rues, des trottoirs, des bancs, des voitures, des ponts, Ellie marche, marche, et cela non plus ne calme pas le bouillonnement en elle. Elle sait où elle va à présent. D'abord à la boutique de son père. Elle se souvient de tout, elle s'y rend en mode automatique. La gare de Nunhead. Le quai est bondé mais la chance lui sourit, la panne a été résolue, le courant rétabli et un train se décide à arriver, pas trop tôt, déjà plus chargé qu'un régime de bananes. Les passagers s'entassent comme ils peuvent, le contact obligé des bras et de la sueur mêlés, l'électricité que ça conduit, les poils qui se hérissent.

Elle a fait un petit stage de mieux-que-rien durant l'été à la boutique de son père. Elle n'avait pas le droit de servir les clients ni de faire la conversation mais porter des caisses ou ranger la cave c'était pour elle, et pour l'occasion son père lui avait donné une clé de l'arrière-boutique, certains jours Ellie arrivait la première ou partait la dernière en fonction des livraisons, parce que, lui avait dit son père, sur le ton de la blague mais ce n'était pas une blague, parce que « quand ton père est le patron, c'est un patron que tu as ».

Ellie compte les stations, le train ne désemplit pas, plus que trois, plus que deux, plus qu'une, puis, d'une voix plus asséchée que le grand désert de sable, elle dit *please please please* en se frayant un passage dans l'amas de voyageurs qui finit par la recracher sur le quai de la gare de Blackfriars. Elle sort de la gare, désorientée, c'est à gauche, non ? Ah oui, elle reconnaît, la boutique de sacs et le kiosque à journaux, elle longe la rue et voilà, l'enseigne Rouge & Blanc, les deux seuls mots de français qu'elle connaisse ou presque.

Elle compose le code à la hâte, 30353, entre dans la cour derrière l'immeuble, haletante. Elle tremble un peu en mettant la clé dans la serrure, comme si elle craignait de se faire surprendre à voler.

La porte de la cour claque derrière elle. Elle sursaute et cherche par tous les moyens à maîtriser sa peur. Surtout, avoir l'air naturel, se répète-t-elle. Un homme apporte sa poubelle au container. Un voisin, qu'elle a croisé quelques fois quand elle-même allait y jeter des cartons.

– Ah, vous revenez ? dit-il.

– Ou-ou-oui, bafouille Ellie. Mon père… a oublié quelque chose dans la boutique.

Puis l'homme s'en va, comme si de rien n'était.

Et, comme si de rien n'était, Ellie finit par introduire la clé dans la serrure de l'arrière-boutique, referme la porte derrière elle, essuie la sueur à son front du revers de la main, souffle un grand coup. Ce n'est pas le moment de flancher. Elle désactive le système d'alarme, va droit au comptoir, ouvre le tiroir et rafle le fond de caisse. Trois cents livres, qu'elle fourre dans son portefeuille d'un geste automatique. Elle va pour ressortir, hésite, puis descend à la réserve où sont alignées toutes les bouteilles. Dans l'étagère du fond, elle sait que se trouvent les trésors. Elle prend une bouteille au hasard, une bouteille de côte-de-nuits, qu'elle empoche. Une avance sur l'héritage, pense-t-elle, et elle a un petit rire acide. Elle ressort par l'arrière-cour déserte, débouche dans la rue, comme grisée de ce qu'elle vient de faire, ivre de ce qu'elle va faire.

Elle retourne à Blackfriars, direction Saint Pancras. Le grand hall de la gare est déjà un autre monde. C'est dimanche, la fin d'après-midi, le hall est plein de gens qui vont et viennent, des costumes et des cravates, des gens qui rentrent de week-end, et puis Ellie.

Elle se dirige vers un guichet, et demande un ticket.

– Vous allez où ? lui demande l'employé d'un ton morne.

– *My mother's*, marmonne Ellie en réponse.

– Où ça ?

– *My mother's*, répète-t-elle, où que cela la mène.

– Marseille ? croit comprendre l'employé.

Ellie hoche la tête.

– Vous partez quand ?

– Maintenant.

L'OURS

Bien sûr l'Ours avait déjà rêvé d'avoir du succès. Tout le monde en rêve, un jour ou l'autre, d'une manière ou d'une autre. Il a rêvé que des inconnus le reconnaissent dans la rue et lui sourient, simplement. Qu'on le regarde avec envie. Que la fille à laquelle il pense entreprenne de le séduire. Et puis rêvé d'avoir enfin les moyens de se montrer généreux envers ceux qui ont été généreux avec lui, ceux qu'il aime ou ceux qu'il veut aider. D'être dispensé de justifier ce qu'il fait, dispensé de craindre l'avenir. Rêvé de trouver la clé qui ouvre la porte pour s'échapper des Lendemains.

Ça n'avait jamais été pour l'Ours qu'un rêve vague et lointain, une idée, qu'il ne s'autorisait jamais à garder longtemps à l'esprit, parce que la voix de la raison était plus forte en lui et couvrait celle du rêve, et la voix de la raison chantait toujours la même chanson, elle chantait à peine et c'était à peine une chanson, la voix de la raison lui répétait *Faut pas rêver faut pas rêver faut pas rêver*, le succès ce serait pour d'autres, parce qu'il tombait sans distinction et au hasard, comme un coup de la fortune ou une catastrophe, jamais où on l'attendait, jamais où on le provoquait.

Après tout, c'est la musique qu'il aime, pas le succès. Ce qu'il aime, c'est inventer des sons, bidouiller, scratcher, mélanger, produire une bonne rythmique, une bonne ligne de basse, et que ça se mette à pulser en lui, comme si la musique accompagnait ou inspirait ses rythmes intérieurs, le pouls, la respiration, le désir. S'il reste là, au plus près de la musique, au plus près de ce qu'il veut faire, s'il s'accroche à son clavier et ses platines, tout ira bien. Il faut se concentrer là-dessus, se répète-t-il, sur le sillon des disques vinyle, sur le diamant des platines, sur les fréquences des équaliseurs, se concentrer là-dessus et sur rien d'autre, fixer le regard sans le laisser dériver ne serait-ce qu'un tout petit peu vers l'extérieur, ignorer les bruits au-dehors, en bas, ne pas se pencher vers le vide. L'Ours se souvient d'avoir vu des vidéos de parkour dans lesquelles des types marchaient sur des poutres à des hauteurs hallucinantes, passaient en sautant d'un gratte-ciel à l'autre, et rien que les images lui faisaient palpiter le cœur et moitir les mains – si ça existe ce verbe, moitir ? –, et le succès n'était rien d'autre que ce vide. Il suffirait d'un rien pour que l'accident se produise.

Or voilà que le succès lui tombe dessus, injuste, effrayant, comme l'éclair foudroie le baobab. Cent mille vues, qu'est-ce que ça veut dire ? Et il a fallu en plus que le succès prenne la vie de l'Opossum, et c'est un prix beaucoup trop élevé pour l'Ours. Si on pouvait retourner au magasin des événements, il irait rendre le succès en échange de l'Opossum. Mais il n'y a pas de retour possible au magasin des événements. On ne peut pas les rendre. On peut seulement essayer de les comprendre.

L'Ours est resté dans sa chambre, à écouter de la musique. Il ne veut plus en sortir. Il se repasse en boucle l'enchaînement des circonstances qui ont conduit à la mort de son ami. Au milieu de la nuit, épuisé, le sommeil l'a cueilli et il dort encore le lendemain, à la fin de la matinée, quand sa mère entre dans sa chambre. Elle le trouve avachi sur sa chaise, les bras jetés devant lui sur le bureau, la tête de biais. Elle hésite sur la manière de le réveiller. Faut-il l'appeler ? Le secouer par l'épaule ? Elle approche lentement la main de son visage et lui caresse le front, les cheveux, avec infiniment de précaution, comme si elle craignait qu'un mouvement trop brusque – et il ouvre un œil, presque, elle murmure son nom à plusieurs reprises, avec une douceur telle qu'à cet instant il serait redevenu son tout petit enfant si l'on pouvait retourner au magasin des événements.

Et dans la douceur de la voix cotonneuse de sa mère l'Ours s'éveille, et sous la tendresse douloureuse du regard de sa mère il se redresse sur sa chaise.

– Le père de ton ami est là, lui dit sa mère. Il aimerait te parler.

Pour toute toilette, l'Ours referme un instant les yeux et passe une main sur son visage. Quand il les rouvre, il n'a pourtant pas l'impression d'être revenu à plus de réalité. Il se lève et se dirige vers le séjour d'un pas automatique.

Le père de l'Opossum se tient debout devant le fauteuil. On a dû lui proposer de s'asseoir mais il ne l'a pas fait. En voyant l'Ours, il ne bouge pas. L'un et l'autre se demandent comment se saluer. Finalement, l'Ours s'approche du père de son ami, qui ouvre les bras et l'enlace avec chaleur. Il n'y a pas de larmes, et c'est aussi bien ainsi.

– Écoute, lui dit-il ensuite. Je dois te demander quelque chose. Tu sais qu'il n'est pas dans la tradition de jouer de la musique pour les funérailles, mais je tiens plus à mon fils qu'aux traditions. Quand je l'entends chanter, je peux croire encore un peu qu'il n'est pas mort et qu'il est parmi nous. Je suis venu te demander la permission de diffuser le morceau que vous avez composé ensemble, ou de le jouer, si tu t'en sens la force. Est-ce que tu es d'accord ?

L'Ours ignore de quelles traditions il est question. Il n'a jamais parlé de Dieu, d'église ou de mosquée avec l'Opossum. Mais dans un jour comme celui-ci, il ne pourrait refuser aucune demande venant du père de son ami.

– Oui, dit-il. Si c'est ce que vous voulez. Oui, bien sûr.

Et dans cet instant la musique reprend sens.

ELLIE

L'entrée en gare de Lille-Europe arrache Ellie à sa torpeur. Deux heures qu'elle sommeille en luttant contre la nausée qui lui soulève l'estomac, la migraine qui frappe ses tempes et l'appréhension qui noue son corps.

Marseille ?

Mais qu'est-ce qu'elle va faire à Marseille ?

Dehors, devant la gare, une esplanade en béton réfléchit le soleil de l'après-midi. Des gens marchent à toute vitesse, traînant une valise à roulettes, d'autres flânent, font la manche. Un homme joue de la guitare. Un type au jean troué, tatoué, une crête orange sur le crâne, s'approche d'Ellie et lui pose une question qu'elle ne comprend pas.

Ellie doit faire un effort pour assembler les mots dans sa tête et les faire descendre jusqu'à sa bouche. Elle répond qu'elle est anglaise. Le type lui sourit alors et lui demande dans un anglais parfait si elle n'a pas une petite pièce pour lui.

– Belle demoiselle, il ajoute.

Ellie plonge ses yeux dans ceux du type. Il a quoi ? Vingt-cinq ans ? Le visage marqué déjà par la rue, les traits endurcis, mais un regard pétillant et un sourire magnifique. Une petite seconde Ellie se dit que ce pourrait être une solution : là, tout de suite, embrasser cet inconnu, lui demander de la prendre avec lui, de la protéger, de l'aider à envoyer bouler sa vie, son éducation, sa famille, ses projets, sa prudence, son futur. Et vivre dorénavant dans l'absolu présent de la rue : ne plus penser qu'à manger, dormir, trouver un peu d'argent de temps à autre, refuser le monde tel qu'il est imposé, refuser les études, le diplôme, le stage, les contrats précaires avant – peut-être – un vrai travail. Et ensuite ? Une rencontre ? Des fiançailles ? Un mariage ? Des gosses ? Un crédit ? Et puis un jour avoir envie de disparaître comme sa mère a disparu, ou se résigner à voir son mari suivre du regard toute jeune femme appétissante qui croisera sa route. Le divorce. Et recommencer, refaire sa vie avec quelqu'un qui vient de divorcer, imposer à ses enfants la présence de demi-frères et demi-sœurs qui seront avant tout des étrangers complets.

Les pensées confuses cascadent dans l'esprit d'Ellie puis elle détache son regard du sourire du punk à crête et aperçoit au creux de ses bras les hématomes laissés par les piqûres répétées. Ces bleus caractéristiques de ceux qui se piquent produisent en elle un petit électrochoc et chassent le désordre de ses sentiments. Ellie s'éloigne, le punk l'insulte.

– *Bitch !* il crie dans son dos.

Elle marche, elle a besoin du grand air de la ville. L'Eurostar était à l'heure. Elle a une heure trente devant elle avant de prendre un autre train jusqu'à Marseille. Sans qu'elle ait anticipé quoi que ce soit, Ellie sent une main attraper sa hanche. Le punk est encore là, il la touche, il tente de l'arrêter, de la serrer contre lui.

– *A little kiss, young* demoiselle ? il dit, et son sourire est devenu une grimace mauvaise, ses yeux brillent de violence.

Alors Ellie hurle. Liam ce matin, ce type maintenant. Ellie hurle parce qu'elle déborde de colère, parce qu'elle en a marre de voir des types franchir la limite.

Sa peau est sa peau. Son corps est son corps. Ellie hurle et le cri fait remonter sa fureur, sa peur, sa confusion, son trouble, sa terreur. Elle hurle, son cri n'en finit plus de monter dans les aigus. Son hurlement emplit l'espace entre la gare en forme de vague dans son dos et l'immeuble de verre qui dessine un grand L plus loin. Des centaines d'yeux se sont tournés vers elle, vers le punk qui a lâché sa hanche. À une vingtaine de mètres, trois militaires armés ont vu la scène et ils marchent maintenant vers eux. Le punk hésite un instant, aperçoit les soldats, dresse son majeur tendu devant le visage d'Ellie et il sprinte. Il disparaît sans que quiconque cherche à le retenir, les gens s'écartent à son passage. Les militaires, eux, ont cessé de s'approcher. Rien de grave ne s'est passé. Un type a touché une fille. Ce n'est pas grave, c'est ce que lit Ellie dans les regards pointés sur elle. Pour peu, on lui reprocherait d'avoir crié, d'avoir perturbé la douceur de l'après-midi.

Pas grave, pas grave, se répète Ellie.

– *No one died, it's not a problem*, chuchote-t-elle à voix basse. Il n'y a pas mort d'homme, non, juste des mains sur son corps de fille, des bouches qui veulent embrasser sa bouche de fille.

Une heure durant, Ellie marche dans les rues de Lille sans rien voir des endroits où elle met les pieds. La foule s'agite, des gens rient, se promènent, font du shopping, des amoureux marchent en se tenant la main, parfois un garçon a glissé un bras de propriétaire autour des épaules d'une fille.

Ellie a faim, elle maudit son pays de ne pas avoir transformé sa monnaie. Elle a des livres sterling plein les poches mais pas un seul euro. Elle passe devant plusieurs banques mais ne sait pas trop comment s'y prendre, elle se dit qu'elle verra plus tard.

En revenant vers la gare, elle tombe par hasard sur une autre gare, Lille Flandres, et réalise que son prochain train partira de là. Pour peu, elle ratait sa correspondance, elle n'a pas fait attention au nom sur ses billets, elle agit comme si un brouillard l'enveloppait. Il faut qu'elle se réveille, elle ne sait pas ce qu'elle ferait si elle loupait son train. Il faut qu'elle soit plus attentive.

Ellie est sur le quai un bon quart d'heure avant l'arrivée du TGV. Elle souffle, marcher lui a fait du bien, sa colère est retombée et la migraine tenace a fini par se diluer.

Tassée dans son fauteuil, Ellie regarde défiler les paysages par la fenêtre du train. À ses côtés, un homme d'une cinquantaine d'années visionne un film sur son ordinateur, un truc de science-fiction avec des créatures tentaculaires qui attaquent et mangent des astronautes. Un port USB permet de recharger son téléphone. Une dizaine de messages en absence, SMS et messages vocaux. Huit de Liam, deux de son père. C'est encore trop tôt pour que sa famille s'inquiète. À moins que son père ne soit passé à la boutique et qu'il n'ait constaté la disparition de l'argent. Liam, c'est autre chose, elle n'a pas envie d'entendre ce qu'il a à lui dire, pas plus qu'elle n'a envie de lire ce qu'il a écrit.

Ellie sent de nouveau monter une boule d'angoisse dans son ventre vide. Elle ferme les yeux et serre ses paupières le plus fort possible. Ne pas pleurer, elle ne veut pas pleurer, là, dans ce train, entourée de Français, comme une pauvre gamine. Elle est grande, presque adulte, elle a montré quatre fois ses papiers depuis qu'elle a quitté Londres, aucun policier ne lui a demandé quoi que ce soit, elle voyage si elle veut, elle a l'âge de faire ce qu'elle souhaite. Presque l'âge. Personne ne s'étonne qu'une fille comme elle voyage avec un si petit sac contenant simplement une bouteille d'un grand cru.

Ellie pense à l'Australie. Si seulement elle savait ce que sa mère était partie chercher en Australie.

Puis, contre toute attente, Ellie s'endort et – quand elle se réveille – elle y est, le train ne bouge plus, les passagers descendent. L'homme à ses côtés a disparu.

Groggy, elle descend du train, marche jusqu'au parvis de la gare Saint-Charles qui domine une grande partie de la ville. Marseille est là, à ses pieds. Aussi vieille et sombre que le quartier des gares de Lille lui a paru neuf et lumineux.

Marseille. Au bas des escaliers, la ville coule jusqu'à la Méditerranée.

La nuit est tombée. Et Ellie n'a aucune idée de ce qu'elle peut bien faire maintenant.

L'OURS

Le chemin jusqu'au lycée, lundi, ressemble au décor d'un film ultraréaliste sur la fin du monde : abribus réduits à l'état de squelettes délabrés, carcasses de voitures carbonisées, poubelles fondues sur le bitume, bordures des trottoirs arrachées, éclaboussures de peinture multicolores partout sur la chaussée. À un moment, en début de soirée, certaines personnes excédées par les tirs de lacrymogènes de la police avaient répliqué avec des bombes à eau remplies de peinture acrylique. Forcément, ce matin, l'Ours a vu passer sur Snapchat et Instagram les titres des journaux qui évoquaient des violences contre la police. Grenades lacrymogènes et assourdissantes d'un côté contre ballons de baudruche remplis de peinture de l'autre. Le combat était pourtant assez inégal. Dès qu'il s'agit des cités, les discours deviennent binaires et caricaturaux. À sa connaissance, aucun policier n'a été blessé.

En fait, l'Ours ne sait rien de ce qui s'est passé depuis avant-hier soir. Vue des réseaux sociaux, la situation paraît si claire : une photo de voiture brûlée, une photo de nuées lacrymogènes, une photo d'une rangée de CRS protégés par leurs boucliers, une photo d'une vieille dame au voile à demi arraché, les yeux rougis par les gaz irritants, une photo d'un jeune, capuche rabattue, lançant une pierre en direction de la police, une photo des gyrophares des camions de pompiers escamotés par les brouillards et les fumées, une photo d'un jeune maintenu au sol par trois CRS en armure, une photo d'un vieil homme qui pleure, une photo d'une jeune femme au visage baigné de sang… Des dizaines de photos circulent de la soirée et de la nuit d'avant-hier. Une même image sert à dénoncer la brutalité des forces de l'ordre comme la rage des manifestants. Les photos racontent ce que leurs auteurs veulent qu'elles racontent. Et les journalistes écrivent ce qu'ils souhaitent en fonction de leurs opinions et de ce qu'attendent les lecteurs de leurs journaux. Les faits sont malléables, comme la pâte à modeler avec laquelle, enfant, l'Ours passait des heures à fabriquer des lions, des éléphants ou des girafes tandis que son frère faisait des fusées et des robots.

Avant-hier, les violences avaient continué une partie de la nuit, jusqu'au moment où la famille d'Ama était descendue dans la rue pour appeler au calme. Ça, c'est une photo qui a fait le tour du pays en quelques minutes : le père d'Ama, grand, crâne rasé, un peu voûté, le visage terriblement marqué, creusé de chagrin, sa mère voilée à la hâte, des mèches de cheveux tombées sur son cou, enveloppée d'une grande robe multicolore faite d'un seul morceau de tissu savamment plié, et les deux jeunes sœurs de l'Opossum, douze et dix ans, ravagées de douleur, terriblement belles parmi les flammes de la nuit, les yeux ruinés par la souffrance et les lacrymogènes. Cette photo, il est impossible de lui faire raconter n'importe quoi, c'est une photo qui ne peut pas mentir : celle d'une famille qui vient de perdre un fils et un frère, celle de quatre individus en deuil, en colère, effondrés, dévastés. Un père, une mère, deux sœurs et une absence déjà : impensable, immense. Une absence qui occupe tout l'espace, toutes les pensées, qui plante un couteau dans le cœur entre chaque battement. Ce que montre la photo virale de la famille d'Ama, c'est justement l'absence d'Ama. L'Ours l'a regardée toute la journée d'hier, en s'étonnant sans cesse de ne pas y voir l'Opossum.

Quoi ?

Où est-il ?

Comment se fait-il qu'Ama ne se tienne pas sur cette photo où l'on ne voit pourtant que lui ?

L'appel avait été rapidement entendu, les jeunes qui harcelaient encore les CRS étaient remontés chez eux. Ils n'avaient pas perdu la bataille, ils avaient accepté la trêve imposée par la famille d'Ama. La police était restée sur place le temps que les pompiers éteignent les derniers foyers d'incendies, et – vers 4 heures du matin – un silence terrifiant s'était abattu sur la cité des Lendemains. Le silence avait duré toute la journée du dimanche. C'est à peine si une silhouette, de temps en temps, avait osé s'aventurer dehors. Les habitants de la cité étaient restés chez eux. Une façon de marquer collectivement le deuil. D'être solidaire de la famille d'Ama.

Et quelque chose du silence perdure ce matin, c'est comme si les voitures roulaient en sourdine, comme si les gens se taisaient plus fort que d'habitude. Pour aller au lycée, l'Ours marche vingt petites minutes. Plus jeune, il lui arrivait de sauter dans un bus au risque de devoir déguerpir en courant si les contrôleurs montaient à l'arrêt suivant. Il a pris une fois une amende, puis une seconde fois, ses parents ont payé et il a arrêté. Pas pour les engueulades de son père, juste pour éviter qu'ils aient à débourser une troisième fois de l'argent par sa faute.

Sous la capuche rabattue, l'Ours glisse son casque, il n'en peut plus du silence et il a peur de ce qu'il va entendre en arrivant au lycée. Il écoute des vieux trucs de hip-hop, genre Wu-Tang Clan, Method Man, RZA, Ghostface Killah. Il a mis le son assez fort pour s'arracher à l'étrange torpeur qui recouvre ses gestes comme ses pensées, qui tresse comme un filtre entre les choses et lui. Il est KO, véritablement à terre.

Arrivé devant les grilles, l'Ours voit les élèves, par groupes : ceux qui parlent, ceux qui fument, ceux qui s'embrassent ostensiblement, des amis qui rient, d'autres qui se montrent des trucs sur leurs téléphones. À son approche, les conversations s'arrêtent, les visages se tournent vers lui, et l'Ours comprend qu'il n'a pas la force de s'arrêter. On lui adresse des signes de tête. Certains lèvent la main pour le saluer, plusieurs lui montrent de loin l'écran de leurs téléphones. On le désigne du doigt, des gens qui hier n'auraient pour rien au monde levé les yeux vers lui le dévisagent en souriant. L'Ours n'a pas envie de ça, sa mère comprendra, elle lui fera un mot, il passe, sans ralentir le pas, il n'a pas la force d'aller en cours, il n'a pas la force d'affronter des sourires, il est en deuil, il ne veut pas entendre le discours que ne manquera pas de faire le proviseur. Le proviseur ne sait pas qui est Ama. Seuls ceux qui connaissent vraiment les gens devraient avoir le droit de leur rendre hommage. Il file, l'Ours, de sa démarche lourde. Deux filles qu'il n'a jamais vues s'approchent de lui et lui disent une chose qu'il n'entend pas parce que Method Man et Mary J. Blige rappent *I'll Be There for You* et qu'il se demande pourquoi il n'était pas avec l'Opossum lorsque son ami a eu besoin de lui. Il fait deux pas et un type de sa classe tend son pouce vers lui. L'Ours ne répond pas, c'est au-dessus de ses forces, il s'énerverait, il ne veut pas être félicité, pas pour ça, pas pour avoir composé la bande-son d'un drame. Il ne veut pas de ce succès, pas à ce prix, pas comme ça. Sans répondre, il accélère et s'éloigne du lycée. Depuis ce matin, son téléphone ne cesse de vibrer. Les notifications des réseaux sociaux s'empilent sur les SMS qu'il n'ouvre pas. Par curiosité, au moment où il change de playlist, il va voir sur YouTube. Cinq cent mille vues. Un demi-million. Un voile épais obscurcit ses pensées, il marche, comme un robot, pauvre automate buggé ne sachant où aller. Il pense aux obsèques d'Ama. Il a promis, il ira. C'est à peu près la seule certitude à laquelle il peut s'accrocher.

LOTTA

Lotta regarde autour d'elle. La table, les murs, la fenêtre entrouverte, la chaise renversée: tout cela est réel. Le courant d'air qui fait claquer le store, l'assiette de figues, les yeux effarés de Pandora: tout cela est réel. Le souvenir de Domenico, les traces de ses chaussures au sol, le journal découpé: oui, tout cela aussi est réel.

Alors qu'est-ce qui ne l'est pas?

Le battement de son cœur, peut-être, qui accélère à une vitesse vertigineuse, et sa respiration qui raccourcit, comme si son souffle était une terrasse suspendue au-dessus du vide et rongée, grignotée, à chaque seconde plus étroite et ses jambes dont toute la force a fondu soudain – Lotta regarde autour d'elle, la table et les murs et la fenêtre entrouverte et la chaise se mettent à danser en ronde, le store bat la mesure et les figues s'entrechoquent et les yeux de Pandora tournoient – Lotta cherche un endroit où s'appuyer, se tenir, un mot à dire, mais tout lui échappe et d'un bloc elle s'effondre dans les bras de Pandora.

– Lotta! Lotta! crie Pandora.

Elle l'allonge, lui secoue l'épaule, lui tapote la joue.

– Lotta! Lotta!

Elle essaie de se rappeler les gestes de secourisme. Mais c'est comment, déjà ?

Un peu plus tard, Lotta ouvre les yeux. Qu'est-ce qu'elle fait là, allongée au sol ? Que s'est-il passé ? Elle reconnaît le plafond, la table, la chaise, elle est chez sa mère – c'est comme cela qu'elle dit depuis que ses parents sont séparés, « chez ma mère », « chez mon père », et jamais « chez moi ». Elle voit Pandora penchée au-dessus d'elle, elle ne bouge pas. Elle remet petit à petit les morceaux de la journée dans l'ordre, et tout lui apparaît avec la netteté, avec l'évidence d'un rêve. Que s'est-il passé ? C'est comme si elle n'était pas sortie du rêve.

– J'ai soif, dit-elle.

Pandora l'aide à se redresser et à s'asseoir contre le canapé. Elle va dans la cuisine chercher un verre et prépare un jus de citron sucré. Lorsqu'elle revient auprès de Lotta, la télévision est allumée.

– Tu es sûre ? demande Pandora. Il vaudrait peut-être mieux attendre, si tu ne te sens pas bien.

Une présentatrice météo dans une robe d'un jaune éclatant annonce que l'été va durer. Des fortes chaleurs sont attendues dans les prochains jours, avec, par endroits, des pics avoisinant les quarante degrés. Elle rappelle les recommandations aux personnes fragiles : éviter les déplacements, garder les volets fermés, boire régulièrement.

– Et une bonne soirée sur notre chaîne. Tout de suite, nous retrouvons le journal de Cristiano Garci.

Lotta se souvient du visage de Cristiano Garci, ses cheveux poivre et sel, sa barbe courte, son air de ressemblance avec l'acteur Nanni Moretti et son léger accent romanesco. Elle est certaine de l'avoir déjà vu quelque part, c'est-à-dire *en vrai* et non pas à la télévision. Tandis qu'il annonce les informations internationales, elle essaie de le retrouver dans sa mémoire. Où était-ce ? Elle imagine ce visage au milieu d'autres visages au cours d'une fête chez son père. Dans des endroits de vacances où elle est allée ces dernières années. Ou discutant dans les coulisses du stage de théâtre le mois dernier. Interviewant sa mère, peut-être. Aucune de ces possibilités ne lui semble être la bonne, mais plus elle enquête en elle-même, plus la certitude de le connaître et de l'avoir rencontré quelque part grandit. Lotta n'a que seize ans, mais il lui semble avoir déjà vécu tant de vies, qui s'impriment l'une sur l'autre dans sa mémoire et se mélangent.

Elle cherche encore lorsque Pandora tressaille à côté d'elle et Cristiano Garci annonce :

– Venons-en maintenant à ce fait divers survenu la nuit dernière. Une usine de feux d'artifice et de pétards a brûlé dans les environs de Brindisi. Des explosions dans la nuit ont été entendues à des kilomètres à la ronde. Si aucune victime n'est à déplorer, les dégâts matériels sont considérables. Les causes de l'incendie ne sont pas encore déterminées, mais on a trouvé des tracts de nature politique éparpillés sur les lieux. Les caméras de surveillance ont également repéré un groupe de trois jeunes hommes qui tentaient de forcer le volet métallique de l'entrée de l'entrepôt peu de temps avant l'incendie. Deux d'entre eux ont été appréhendés, et sont actuellement entendus par la police. Le troisième est activement recherché.

C'est alors qu'apparaît à l'écran le visage de Domenico. Puis, furtivement, celui de la mère de Lotta, qui gravit les marches du commissariat.

Alors Lotta n'entend plus rien du commentaire. Elle est sidérée.

Son téléphone indique qu'elle vient de recevoir un message. Un message de Domenico.

Quoi que l'on te raconte, quoi que tu entendes ou lises, tu dois savoir une chose: c'est faux

Lotta regarde le téléphone, incrédule, hésitant à répondre. Quelques secondes plus tard, un deuxième message arrive:

Je t'aime

Lotta sait que cette simple phrase peut avoir beaucoup de significations. Elle peut vouloir dire «Je pense à toi», ou bien «J'ai envie de toi», ou bien «N'oublie pas tout ce qui nous lie», ou bien «Tu me manques». À ce moment précis, Lotta ne l'entend d'aucune de ces manières. Pour elle, cette phrase pourrait aussi bien valoir pour «Adieu».

Elle sent les larmes lui monter aux yeux, et cherche le réconfort en enfouissant sa tête contre l'épaule de Pandora.

La télé est restée allumée, le son coupé. Un bruit de clé dans la serrure se fait entendre. C'est la mère de Lotta qui rentre.

ELLIE

Dans la gare de Marseille, comme dans n'importe quelle gare, il y a les gens qui arrivent, les gens qui partent, les gens qui vont quelque part. Il y a les gens qui attendent quelqu'un ou qui attendent un train. Il y a les gens qui achètent un journal ou un livre, les gens qui consomment un thé ou une bière ou qui mangent. C'est d'abord eux que voit Ellie, et tous autant qu'ils sont lui donnent l'impression d'avoir une bonne raison d'être ici. Si on leur demandait ce qu'ils font, et pourquoi, ils sauraient quoi répondre sans hésitation. Je rentre du travail, ils diraient. J'attends mon copain. J'ai soif. Ils auraient pu se justifier de mille manières simples et évidentes. Mais Ellie, non. Si on le lui demandait, elle garderait le silence, ou bien elle s'empêtrerait en bafouillant une réponse en laquelle elle ne croirait pas elle-même, et on devinerait aussitôt qu'elle n'a rien à faire ici. Il lui semble même qu'il n'est pas nécessaire que quelqu'un lui pose la question. Tout dans son attitude, croit-elle, tout dans ses regards, tout dans ses vêtements la désigne comme une fille égarée, une qui cherche un abri, ou comme une – comme une proie. Comment ça s'appelait déjà, cette émission qu'elle regardait à la télévision il y a quelques années, un présentateur aventurier qui se faisait parachuter en pleine nature et qui devait se débrouiller pour survivre en bricolant toutes sortes d'inventions ? Ça se passait dans des endroits inhabités, des déserts, des bords de rivières, des glaciers, des forêts profondes, et jamais dans une ville étrangère, quand la nuit tombe, aux abords de la gare. Mais une gare aussi peut être une jungle. Et Ellie n'a le souvenir d'aucun guide de survie dans ces circonstances. Comment réagirait-elle quand un inconnu – ou une inconnue, mais pour quelque raison elle imagine que ce serait un garçon ou, pire, un homme – l'aborderait pour lui proposer un truc à manger, ou un truc à fumer, ou un lit pour la nuit ? Si elle ne fait pas semblant d'avoir elle aussi une bonne raison d'être ici, Ellie ne tardera pas à attirer l'attention des rapaces de toutes espèces, à la vue perçante et au flair infaillible.

Ellie se pose sur le haut des marches du grand escalier et observe les gens autour d'elle. Très vite elle sort son téléphone et, sans l'allumer, elle commence une conversation imaginaire.

– Oui oui j'ai fait bon voyage… Je suis à la gare, j'attends Sasha… Il a eu un petit souci sur la route, mais il ne devrait plus tarder, il m'a dit qu'il arriverait d'ici un quart d'heure ou une demi-heure… T'inquiète… Mais non… Allô ? Allô ? Je t'entends super mal… Je t'entends plus du tout… Allô ? Attends, je te rappelle…

Et quoi ? Ça ne vous est jamais arrivé, à vous, de parler à des gens que vous ne voyez pas, qui ne sont pas là, qui n'existent pas, simplement pour vous rassurer ? C'est probablement comme cela qu'il y a longtemps, très longtemps, à une époque où n'existaient ni téléphones ni ville ni écriture d'aucune sorte, on a inventé les histoires. Pour conjurer la jungle et la nuit.

Ellie continue de parler, elle raconte sa journée, y compris des trucs qui lui semblent sans importance, parce que la seule chose qui lui importe à ce moment-là c'est le fait de parler, qui lui est comme un talisman. Et tout en parlant, Ellie regarde les gens et la ville autour d'elle.

Plus bas sur les marches de l'escalier, elle remarque une silhouette recroquevillée dans un coin. Garçon ou fille, elle ne saurait le dire à première vue. Plus ou moins son âge. Des cheveux blonds, ou blond vénitien, courts sur la nuque, avec une mèche qui barre le visage. Un visage d'ange, quelque part entre David Bowie et Jeanne Added. Avec des yeux d'une couleur indéfinissable, peut-être verts. En voyant qu'Ellie le regarde avec insistance, l'ange se recroqueville un peu plus sur lui-même, comme s'il cherchait à devenir invisible.

– Je crois que Sasha arrive, dit Ellie à son interlocuteur imaginaire. À plus. Bye.

Aussitôt elle s'approche de l'ange, qui ne cherche pas à s'enfuir à son approche mais l'accueille avec un air hostile.

– Tu as du feu ? demande Ellie, parce que c'est la seule chose à quoi elle ait pensé pour nouer le contact.

L'autre fait le signe de ne pas comprendre, Ellie mime un briquet. L'ange se déplie avec une grimace douloureuse et d'une main fouille dans une poche. Mais que fait-il ici plutôt que d'aller se faire soigner à l'hôpital ?

Il y a des questions qu'il vaut mieux ne pas poser d'emblée.

L'ange lui tend un petit briquet noir avec le motif d'un crâne de drapeau pirate.

– Merci. Je m'appelle Ellie.

Elle n'a pas de cigarettes. L'ange s'en aperçoit, et lui tend un paquet rabougri.

– Shiro, il dit.

– Pardon ?

– Moi c'est Shiro.

Ellie allume la cigarette et tire une longue bouffée. Elle se sent moins seule, enfin.

LOTTA

Depuis qu'elle est rentrée, la mère de Lotta n'a pas quitté le téléphone. Elle fait les cent pas de sa chambre à la cuisine, de la cuisine au salon, en passant coup de fil sur coup de fil. Rien qu'en entendant trois mots, Lotta sait que sa mère téléphone à des collègues, elle ne connaît que trop bien le sabir semi-crypté des flics, ces mots qui servent à dire autre chose que leur sens apparent, ces formules toutes faites. Lotta reconnaît aussi le ton de voix de sa mère : celui de l'urgence. Toujours, lorsqu'elle parle aux inspecteurs qui sont sous ses ordres, sa voix est à la fois ferme et maternante, séductrice et cassante. Lotta réentend sa mère dire que les flics sont des enfants : ils ont besoin d'elle.

– Sans moi, ils sont perdus, il leur faut les ordres de maman.

C'est le mot qu'elle emploie : *mamma*. Plus jeune, Lotta riait, elle trouvait drôle d'imaginer ces hommes grands et athlétiques, parfois âgés et bedonnants, comme des bébés dont sa mère s'occupait.

– Des mômes, incapables de se nourrir si je ne leur prépare pas le biberon.

Et toutes deux riaient aux éclats. Chaque fois qu'elle regardait un film policier à la télévision, Lotta se demandait si les inspecteurs menant l'enquête avaient aussi une *mamma-commissario di polizia* qui veillait à ce qu'ils ne fassent pas trop de bêtises.

Ensuite, en grandissant, Lotta en avait eu marre d'être l'enfant oubliée de la mère universelle. Elle aussi aurait eu besoin de conseils, de protection, d'avis. Elle aussi aurait aimé que sa mère lui prépare de temps en temps un repas. Lotta rêvait qu'un jour sa mère s'adresse à elle avec la même vibration de fierté dans la voix. Elle n'était pas jalouse, ce n'était pas ça, c'est plutôt que jamais sa mère ne se laissait aller à être une simple mère, une *mamma* avec qui on peut prendre le temps de parler, ou – tout simplement – contre qui on peut venir se blottir dans le canapé.

D'un geste, sa mère fait coucou à Pandora qui regarde amusée cette femme marcher à grandes enjambées d'une pièce à une autre : changeant de tenue sans lâcher le téléphone, envoyant bouler ses chaussures dans le couloir, entrant en chemisier et pantalon dans la chambre, en ressortant en culotte et soutien-gorge dépareillés, continuant la discussion dans la salle de bains, courant presque se servir un verre d'eau *frizzante* au frigo, revenant dans la chambre pour en sortir vêtue d'un long tee-shirt informe descendant jusqu'à mi-cuisse, retournant à la cuisine se servir cette fois-ci un verre de vin blanc, et tout ça sans jamais cesser de donner des ordres, de prendre des nouvelles d'un dossier, de traiter ses inspecteurs d'incapables, de plaisanter avec eux, de les choyer tout en les bousculant, de les prévenir qu'elle veut des résultats demain matin, de leur dire en même temps qu'on est dimanche et qu'elle aimerait bien qu'ils lui foutent la paix, mais qu'ils peuvent l'appeler à n'importe quelle heure de la nuit s'ils ont des nouvelles.

À un moment, Lotta entend sa mère dire qu'elle n'a rien d'important à faire ce soir, elle est donc joignable H24, une petite phrase d'apparence anodine qui claque pourtant comme une gifle. Non, sa mère n'a rien d'important ce soir, ce n'est pas comme si elle retrouvait sa fille unique après une semaine d'absence.

Pandora, qui a vu les joues de Lotta s'empourprer, fait diversion et lui propose de sortir.

Les pieds sur un monticule instable de magazines, la mère de Lotta qui siffle d'un coup sec son verre de blanc tout en parlant à ses bébés leur fait signe d'y aller. Cette femme est capable d'écouter dix conversations simultanément. Rien ne lui échappe, sauf l'essentiel, pense Pandora.

Quasiment en somnambule, Lotta se chausse. Sur la table de la cuisine, sa mère a déposé plusieurs exemplaires d'un tract, elle en prend machinalement un et le glisse dans la poche arrière de son short. Les journalistes ont parlé de tracts politiques trouvés sur les lieux de l'incendie à la télévision. Au moment où elle va sortir avec Pandora, sa mère court vers elle, lui tend un billet de vingt euros, met sa main en coquille sur le téléphone qu'elle éloigne enfin de son oreille, et lui dit de ne pas rentrer trop tard.

Pourquoi ? pense Lotta. Qu'est-ce que ça peut lui faire qu'elle soit là ou pas ?

Elle cherche une chose à répondre, un truc désinvolte et ironique, mais elle ne trouve rien. Si elle parle, elle va hurler. Alors elle se tait. De toute façon, sa mère a profité de son hésitation pour reprendre la conversation téléphonique. Parfois, Lotta se dit que tout se résume à un problème de vitesse : il lui faut une minute pour accomplir ce que sa mère met une seconde à faire. Sa mère va trop vite, elle est trop rapide pour qu'elles puissent partager le même espace-temps. Lotta se demande comment il a été possible que ses parents se rencontrent. Son père est l'exact opposé de sa mère : rien n'est jamais urgent, il arrive dans les gares après le départ des trains, il est d'une lenteur infinie, s'arrête au milieu d'une phrase pour détailler la forme d'un nuage, se fait klaxonner aux feux parce qu'il ne redémarre pas assez vite. Peut-être n'a-t-il pas toujours été comme ça ? Peut-être a-t-il décidé de ralentir après leur séparation ? Lotta ne se souvient plus trop comment était la vie à la maison lorsque ses parents vivaient ensemble. Elle a tout oublié. Ou plutôt : elle ne veut pas faire l'effort d'y repenser.

Dans la rue, la chaleur est encore étouffante. Il est déjà plus de 21 heures et le ciel se grise. En silence, Lotta et Pandora se dirigent vers les escaliers en face des colonnes romanes, ils n'ont rien de particulier ces escaliers, ils surplombent les quais, ouvrent sur le port. Ils sont simplement l'endroit où l'on va quand on ne sait pas où aller, l'un de ces lieux où on se retrouve le soir sans jamais se donner rendez-vous. Brindisi est un grand port mais une petite ville : tout le monde ici connaît tout le monde. C'est ce que dit Pandora à Lotta lorsqu'elles s'assoient après avoir salué une bonne douzaine d'amis.

– Ton Domenico, si tu veux qu'on le retrouve, on n'a qu'à demander. Il est un étranger ici, il n'a pas pu passer inaperçu.

Lotta hésite. À vrai dire, elle ne sait pas ce qu'elle veut, c'est comme si une gomme géante avait effacé ses pensées. Elle pourrait tout autant lui envoyer un SMS pour savoir où il est…

Brusquement, elle repense au tract dans sa poche, elle le déplie sur ses genoux.

L'affichette (une demi-feuille A4 photocopiée) est surchargée. Sous un dessin de presse où l'on voit des moutons aller voter pour un loup, un texte explique que l'Italie est mourante : son cœur a cessé de battre. D'après les auteurs du tract, l'Italie a été tuée par les partis populistes et les banquiers, la chasse aux migrants, l'accroissement des inégalités, l'augmentation de la pauvreté, la violence des répressions policières lors des manifestations prouvent que le cœur italien ne bat plus. Il lui faut un électrochoc. L'explosion de l'usine de feux d'artifice est un premier acte symbolique. Durant tout l'été, le parti d'extrême droite de la *Lega*, la Ligue du Nord, avait organisé de grands meetings qui s'achevaient tous par de coûteux feux d'artifice. La destruction de l'usine est annoncée comme le premier acte d'une série d'actions dont le but est de faire battre à nouveau le cœur de l'Italie. Le texte est signé d'un nom de guerre, encadré d'éclairs :

Defibrillatori
Les Défibrillateurs

En souriant, Pandora siffle entre ses dents.

– Ton Domenico a de sacrés problèmes.

Et comme Lotta garde le silence, elle ajoute :

– À la télévision, ils disaient qu'il n'y a pas eu de blessés. Le directeur de l'usine des feux d'artifice est un ami de longue date de Matteo Salvini, le fondateur de la *Lega* d'extrême droite. Tu devrais appeler Domenico. Il faut qu'on le trouve avant ta mère.

Lotta hésite un instant, le soleil colore en orange vif les eaux du port, elle déverrouille son téléphone, attend encore que le soleil finisse de disparaître dans son dos, et manque laisser tomber l'appareil lorsqu'il se met à sonner dans sa main. C'est Domenico.

ELLIE

Il y a des villes à l'intérieur des villes. Comme il y a un oignon caché sous chaque peau d'un oignon. La métaphore un peu foireuse fait sourire Ellie, elle en cherche une autre, plus noble, ne trouve rien et renonce. Elle doit demeurer attentive à ne pas perdre Shiro de vue. Elle s'enfonce dans Marseille comme on entre dans un labyrinthe, elle n'a pas de ficelle à dérouler derrière elle, pas de cailloux blancs à déposer le long du chemin. Dans la poche arrière de son jean, le téléphone n'est qu'un traître bout de plastique : qu'elle l'allume et aussitôt il trahira sa présence ; à la vitesse de la lumière la puce se connectera au réseau et indiquera sa position à sa famille comme à la police.

En constatant à quel point Marseille est une ville verticale, faite d'empilement de couches hétérogènes, de côtoiement d'extrêmes qui s'ignorent, d'escaliers et de virages brusques, Ellie prend conscience combien Londres est une ville horizontale : on y passe en fondu enchaîné d'un espace à un autre, même la verticalité de la City est illusoire : les grandes tours de verre ont toutes le même usage, des bureaux, des sièges sociaux d'entreprises, du commerce. Shiro tourne à gauche au bas d'une volée de marches, Ellie presse le pas. S'en remettre totalement aux bons soins de son ange n'est pas plus fou que le reste de ses actes depuis la veille. Une longue rue s'éloigne des voies ferrées, Shiro marche d'un pas rapide et souple. Ellie ne sait toujours pas s'il est un garçon ou une fille, s'il ou elle est agacé(e) de sa présence. Le visage de Shiro est un masque lisse, maquillé, qui ne laisse filtrer aucune émotion particulière. Elle n'a pas échangé plus de dix phrases avec Shiro, soit qu'il ou elle soit incapable de parler anglais, soit qu'il ou elle n'en ait pas envie. En silence Ellie avait fumé une cigarette en observant la foule sans se décider à continuer sa route ni à faire semblant d'avoir un endroit où aller. Shiro avait fini par lever les yeux vers elle. Nerveusement, Ellie fumait en se sentant dévisagée.

– *English ?*

Oui, elle avait répondu, oui, bien sûr.

– *From ?*

– *London.*

Petit sifflement mi-admiratif, mi-amusé entre les lèvres de Shiro.

– *Big city.*

Et le silence s'était éternisé jusqu'à ce que le talon d'Ellie écrase les ultimes rougeoiements du mégot.

– *Nowhere to go.*

Ce n'était pas une question, plus une constatation, Ellie n'avait rien trouvé à répondre. Avec la délicatesse d'une fée, l'ange s'était redressé.

– *Follow me.*

Et il ou elle avait dévalé les escaliers sans paraître toucher les marches, comme s'il ou elle était délivré(e) de la gravité. Ellie n'avait pas hésité, elle s'était élancée à sa suite, elle avait vécu trop de choses depuis hier pour ressentir de la peur. Cette course-poursuite aux allures de danse durait depuis un petit quart d'heure pendant lequel Ellie a traversé un quartier commerçant qui ressemble plus à un souk maghrébin qu'au grand chic français dont les images sont publiées dans les magazines.

Brusquement, une rue s'ouvre sur un port, Shiro traverse un boulevard et s'arrête au bord de l'eau.

– *Best place for selfie.*

Sa voix toujours aiguë, un sourire ironique sur son visage lisse.

Comme Ellie ne se décide pas à prendre une photo, il ou elle reprend la route, contourne le Vieux Port par la droite et se lance dans une rue étroite qui monte en pente raide. Au moment où Ellie laisse les bateaux dans son dos, elle entend une musique familière : une voiture passe, toutes vitres baissées, et elle diffuse le son de l'Ours que Liam lui avait fait écouter voici une éternité sur le banc d'un cimetière. Aux fenêtres jaillissent des poings tendus vers le ciel. Plusieurs personnes sifflent ou applaudissent le passage du véhicule. Shiro n'a pas ralenti le pas, Ellie doit se mettre à courir pour ne pas être semée. La rue, taguée et encombrée de poubelles comme toutes les autres, monte sec, la marche n'en finit plus. Ellie ne connaît rien à la France, le peu qu'elle a vu de Lille l'a effrayée, ce qu'elle voit de Marseille lui répugne : les sacs d'ordures au sol que des hommes tirant des poussettes ou des caddies éventrent pour en fouiller le contenu, un type qui pisse contre un mur plus haut. Et la nuit va bientôt tomber. Ellie n'avait aucune image précise de Marseille, sauf celle d'un port qu'elle n'a pas vu, un grand port, pas celui du centre-ville. Shiro l'attend en haut de la rue, lui montre le dôme d'une église encadrée par deux immeubles dans la perspective d'une rue latérale.

– La Bonne Mère.

– *Labonmayre ?*

– La Bonne Mère, il ou elle répète en désignant une statue dorée de la Vierge qui surplombe l'église.

Ellie pense qu'ils vont partir dans cette direction, mais non, Shiro redescend un peu, ils sont venus là simplement pour la vue. Une bouffée de fureur monte au visage d'Ellie, elle est à deux doigts d'abandonner, elle ne sait plus ce qu'elle pense, ses émotions sont un yo-yo roulant du découragement à la colère. Le garçon ou la fille qu'elle suit lui fait visiter la ville, mais ce n'est pas de ça qu'elle a besoin, elle n'a pas traversé la Manche et toute la France pour une balade touristique, elle a d'autres préoccupations en tête, elle est partie de chez elle, elle a fugué, elle a volé de l'argent, ce n'est pas pour observer une sculpture ou voir la mer, c'est pour autre chose, pense-t-elle, en évitant de lister les vraies raisons de son départ, parce qu'elle sait pertinemment qu'elle ne les connaît pas. Elle ne sait pas ce qu'elle fait là, à suivre les errances d'un ange dans les rues d'une ville où l'on se nourrit en fouillant les poubelles, elle est épuisée, affamée, sans doute aussi folle que le type ou la fille qui maintenant ouvre le haut volet roulant d'une boutique abandonnée pour se glisser dessous sans vérifier si elle suit.

Un court instant, Ellie lutte contre les larmes tenaces qui s'accumulent sous ses paupières.

Si l'ange croit qu'elle va passer à quatre pattes sous le volet !

Hors de question.

– *No way !* elle crie sans le vouloir.

Puis dans son dos, d'une fenêtre ouverte elle entend couler jusqu'à la rue la musique lourde et massive de l'Ours. Une sirène de police monte jusqu'à elle. Et ravalant ses larmes tout autant que sa fierté, sa prudence et sa colère, elle rejoint Shiro.

Dans sa tête, elle est spectatrice de ses propres mouvements. Elle se voit passer la tête sous le ressort tendu de la souricière pour grignoter un bout de fromage. Elle pourrait presque rire d'elle-même.

De l'autre côté du rideau métallique, il fait nuit, terriblement noir. Elle avance un pied, les mains tendues en avant de peur de heurter un obstacle. D'un coup, le volet se referme. Et quelque part vers l'arrière du local, la voix flottante de l'ange chantonne une petite rengaine amicale.

– *Welcome home,* finit-il ou elle par déclarer avant qu'une lampe ne s'allume.

L'OURS

Les choses changent. Elles n'arrêtent pas de changer. Et puis elles ne changent pas. Elles se dédoublent.

L'Opossum était un garçon des Lendemains. Il l'est encore et il ne l'est plus. C'était un garçon drôle et simple, qui aimait le foot et le rap. Il l'est encore, quand on y pense, et il ne l'est plus. Certains en font un martyr, certains en font un héros, et c'est étrange d'y penser ainsi. Il n'était jamais absent. Maintenant il n'y a que son absence. Et son image qui revient sans cesse, sans jamais vouloir faire mine de partir, comme une vague qui gonfle, s'écrase et se regonfle et s'écrase à nouveau sur le sable, toujours, toujours. Il ne sait pas, l'Ours, comment lui est venue l'image de la vague et du sable, car ils ont beau vivre non loin du bord de la mer, ce n'était pas leur endroit, ils y allaient très peu, mais à présent cette image ne le quitte plus et se répète, les yeux ouverts, les yeux fermés.

Une vague.

Est-ce la même vague qui le submerge lui aussi, la vague du succès, les vues qui se succèdent, ses comptes qui explosent sous les demandes et les commentaires d'inconnus dans plusieurs langues qu'il ne parle pas, des mots incompréhensibles, et il sent que, d'une façon ou d'une autre, le bruit recouvre la musique, les bravos mêlés à de plus rares condoléances, des demandes et des commentaires d'inconnus qui prétendent le connaître, qui se déclarent ses amis, et ses amis qui ne sont pas là.

Dans ce déferlement, quelqu'un lui avait envoyé un simple commentaire, Prends soin de toi, l'Ours, accompagné d'une courte vidéo qui montrait un ours polaire famélique dérivant sur un morceau de banquise à peine plus large que lui, les yeux perdus dans l'eau à la recherche d'une invisible nourriture. En la regardant, il s'était senti envahir par une tristesse impossible à contrer, qui montait en lui et allait déborder, et des larmes lui étaient venues. Ce n'étaient pas tant l'aspect pourtant décharné de ce roi déchu, ni sa démarche pénible, ni ses tentatives désespérées pour attraper un fantôme de poisson ou une malheureuse crevette à se mettre sous la dent qui l'avaient ébranlé, pas tant tout cela que le sentiment de solitude infinie qui semblait l'enfermer sur sa miette de glace dans l'océan, la solitude de l'ours qui était aussi la sienne à ce moment-là. Et en lui deux voix se disputaient. L'une disait, *Tu n'y es pour rien*. L'autre disait, *C'est ta faute*. Et de la même manière, quand il pensait à la mort de l'Opossum, ces deux voix chantaient dans le même temps, l'une, chaude, qui le réconfortait, l'autre, aigrelette, qui grinçait.

Ce sont les mêmes Lendemains que toujours autour de lui, pourtant si différents. Des poubelles ont brûlé, des voitures aussi, des glaces ont été brisées. La fièvre est montée, et c'est peut-être irréversible. L'Ours veut rentrer chez lui à présent. Il chasse les larmes du plat de la main, s'assurant que personne ne l'a vu craquer, et marche d'un pas décidé jusqu'au hall de l'immeuble.

Devant les boîtes aux lettres il voit Suricate. C'est la première fois qu'il le voit depuis… depuis – il ne sait toujours pas nommer ce qui est arrivé. L'accident ? Le drame ? Suricate a les yeux rouges, et ce n'est pas d'avoir fumé. L'Ours lui tend le poing pour checker mais Suricate a dans la main une grande enveloppe de papier kraft. D'un geste du menton, d'un glissement de regard, l'Ours lui demande ce que c'est.

Suricate bafouille, cherche un mot, renonce. Il n'est pas fait pour les mots lui non plus. L'Ours, c'est la musique. Lui, c'est l'image et la vidéo surtout. Mais les mots… Les mots c'était l'Opossum – et Suricate tend l'enveloppe sans essayer d'en dire plus.

L'Ours la retourne, la soupèse, essayant d'en deviner le contenu, comme s'il s'agissait d'un cadeau. Du papier, apparemment. Un livre. Ou un cahier plutôt. Des photos peut-être. L'enveloppe n'est pas cachetée. L'Ours l'entrouvre. C'est bien un cahier. Il le feuillette rapidement, reconnaissant l'écriture de l'Opossum. Des textes de chansons, des poèmes, des dessins, des gribouillis, des citations – le cahier de l'Opossum. L'Ours sent soudain l'air lui manquer, sa vue se brouiller. Il referme le cahier. Sur la couverture est dessinée une vague, et il pressent que cette vague risque de l'emporter de nouveau, avec son goût de sel. Elle monte, monte, et – Viens ! dit-il au Suricate en l'entraînant derrière lui dans la cage d'escalier, qu'ils grimpent dans un sentiment d'urgence nouveau.

ELLIE

– Qu'est-ce que c'est que ça ?

Ellie cligne des yeux, elle n'a jamais vu cela, elle n'en revient pas. L'endroit où elle se trouve a dû être un café dans le temps. D'un côté de la pièce, il y a un bar en bois, avec trois tirettes, une pour l'eau, une pour la limonade, une pour la bière, qui semblent hors d'usage. Sur le même mur, dans le prolongement, une banquette en moleskine verte, aménagée en lit, avec un sac de couchage déplié, un oreiller. Le long de l'autre mur, c'est un empilement de mille choses. Quelques petits meubles en bois, des cartons, différents objets, des lampes, des cartes postales, d'impressionnantes quantités de disques et de livres, des tableaux posés les uns sur les autres, mais avec un souci évident du rangement et de la propreté. Ça lui rappelle une chanson de Kate Tempest,

Now just two doors down
In the first floor flat
And the old ramshackle house
With the broken down porch and the novelty doorbell

Il flotte dans l'air une odeur un peu enivrante de cire ou d'essence. Sur un bureau, des flacons de produits d'entretien, rangés par ordre de taille, des chiffons, des tournevis, et d'autres outils qu'Ellie ne connaît pas.

Elle fronce le nez.

– Oui, je sais, dit Shiro. C'est difficile d'aérer ici. Enfin, pose ton sac, et pose-toi. Mets-toi à l'aise.

Il ou elle tire une chaise en paille pour elle, mais Ellie ne s'assied pas. Elle n'arrive pas à décrocher son regard de tout ce qu'elle voit dans cette pièce. C'est comme la caverne d'Ali Baba. Du dehors, ça n'a l'air de rien, un rideau métallique grinçant, dans une petite rue à l'abri des passants. Dedans, la tanière du prince des voleurs.

– Non non non non non, dit Shiro, c'est pas ce que tu crois. Je fais rien d'illégal à part crécher dans un logement pourri mais en ce moment j'ai pas le choix et c'est pas comme si j'étais le seul dans cette ville à vivre dans des conditions pareilles.

Ellie ne dit rien. Elle n'a pas compris un seul mot de ce que Shiro vient de lui expliquer. Malgré tout, elle a perçu la douceur de son ton. Elle regarde la chaise, hésitante.

– Assieds-toi, je vais pas te manger. Je vais te raconter mon histoire, et puis tu me diras la tienne.

Autant de gentillesse dans la voix d'ange de Shiro paraît suspect à Ellie. Cela fait tellement longtemps qu'elle n'en a pas rencontré. Ou bien c'était parce qu'on voulait lui demander quelque chose en échange. Elle repense à Liam et son visage se déforme en une grimace de dégoût que Shiro ne remarque pas.

– Tu veux boire quelque chose ? demande-t-il ou elle. Je n'ai que de l'eau.

Ellie sort la bouteille de vin qu'elle a emportée de chez son père et la pose sur la table. Elle fait signe que toutefois elle n'en veut pas.

Et Shiro commence à parler.

HISTOIRE DE SHIRO

Je suis parti de chez mes parents il y a un an. Je n'étais pas l'enfant qu'ils pensaient avoir, qu'ils voulaient avoir. Il y avait des disputes fréquentes à la maison, mes parents entre eux, et chacun d'eux contre moi. Quelqu'un devait s'en aller, et ç'a été moi. Le jour de mes dix-huit ans. La veille on s'était encore une fois disputés, mais ma mère avait préparé un repas de fête, alors qu'elle n'est pas une grande cuisinière. L'ambiance était un peu tendue, on ne parlait pas. Elle a allumé une bougie sur le gâteau, que j'ai soufflée, la bougie s'est rallumée, j'ai soufflé de nouveau, et quand elle s'est rallumée une deuxième fois mon père l'a prise et l'a plongée dans l'eau de son verre pour que tout cela s'arrête. Il a dit qu'il avait un cadeau pour moi, et je croyais que c'était encore un de ses cadeaux piégés qu'il ne m'offrait pas à moi mais à l'enfant qu'il avait pensé avoir, l'enfant qu'il avait voulu avoir et qu'il n'avait pas, des jouets bleus, des panoplies de cow-boy, des établis. Il est sorti du séjour et revenu un instant plus tard avec un sac dans lequel il avait fourré mes vêtements. Il l'a posé devant moi et il m'a seulement dit, Tu t'en vas. Au revoir. Ma mère détournait les yeux, essayant de se retenir de pleurer, mais incapable de s'opposer à mon père, ou peut-être qu'elle ne voulait pas le faire. Je n'ai pas protesté, car au fond je crois que je m'attendais à ce moment. J'ai pris le sac, et adieu.

Le seul cadeau de mon père était un billet pour Marseille. Un aller simple. J'ai pris le premier train, et je me suis retrouvée à la gare Saint-Charles, à l'endroit où tu étais tout à l'heure. Mes parents ne m'avaient rien donné, à part mon nom, et même lui, je n'en voulais plus. J'ai choisi le nom de Shiro, qui était celui d'un personnage de manga que je lisais et que j'aimais. J'ai fait un peu la manche ce soir-là et les jours suivants mais je n'aimais pas cela. Et c'est là que Jésus m'a aidé.

Non, pas le Jésus que tu connais, même s'il lui ressemble un peu physiquement, la barbe et les cheveux, mais avec quelques années de plus. C'est un gars qui fait la tournée des rues les soirs d'encombrants pour récupérer tout ce dont les gens ne veulent plus. Ce soir-là, il m'a récupéré moi aussi. Il m'a installé ici, c'est un café qui appartenait à je ne sais plus qui de sa famille. En échange de son aide, je l'ai accompagné dans ses tournées. Et puis, petit à petit, j'en suis venu à faire mon business.

Tout ça, tout ce que tu vois là, c'est des trucs récupérés à droite à gauche. J'ai commencé tout petit bras, en ramassant des babioles à la fin des brocantes et des cartons de livres ou de cartes postales ou des croûtes dont plus personne ne voulait en salle des ventes. Et puis j'ai eu un peu de chance quelquefois. Quand je récupère une vieillerie, je la remets en état, je la nettoie, je la retape, il faut bien s'en sortir.

Voilà. C'est mon histoire. Mon père se plaignait de ce que je ne savais rien faire de mes mains. Nique mon père.

Ellie n'a pas compris le quart de la moitié de tout ce que

vient de raconter Shiro. Mais elle a compris l'essentiel : elle est en sécurité ici, elle peut relâcher la pression.

– Je t'ai donné mon histoire, dit Shiro. Ou au moins ma version de l'histoire. Maintenant c'est à toi. *What's your story ?*

LOTTA

Lotta et Pandora descendent le corso Garibaldi dans la direction du port. Elles entrent dans une petite trattoria, où le vendeur les détaille avec un regard gourmand. Lotta choisit deux panini, un tiramisu, une bouteille d'eau, une barquette de *gelsi*.

– Tout ça ? sourit le vendeur.

– On est deux, réplique Lotta.

Elle sort le billet de vingt euros et le déplie sur le comptoir en se demandant si le fait que sa mère le lui ait donné fait d'elle, d'une manière ou d'une autre, une coupable.

Domenico lui a donné rendez-vous au parc del Cillarese. *Viens*, il a dit. *Dans trente minutes*, il a dit. *Près de la fontaine. Et j'ai faim*, il a dit, avant de raccrocher. Il n'a pas laissé à Lotta le temps de répondre. Parce qu'il ne voulait pas lui laisser le temps de poser une question.

Des questions, Lotta en a plein la tête. Qu'est-ce qui s'est passé la nuit dernière ? Pourquoi Domenico était-il là-bas ? Et qui est-il ? Et que doit-elle faire ? Elle sent la présence et comme l'odeur du danger autour d'elle, l'adrénaline, le genre d'excitation qui tient sa mère en alerte quand elle est en mission. Elle sait qu'elle court au danger, mais quelque chose en elle n'y résiste pas. Et ce n'est pas seulement qu'elle n'y résiste pas, c'est qu'elle s'y précipite – comme dans une tragédie.

– Je ne fais rien de mal, dit Lotta en sortant de la trattoria, ses achats dans un sac en papier, marchant d'un pas si rapide que Pandora peine à la suivre.

– Tu es sûre ? souffle celle-ci.

– Oui, dit Lotta.

Mais elle pense non. Elle n'est sûre de rien, sinon que, à ses yeux, Domenico est une sorte de héros. Elle ne peut pas résister aux héros.

Le long de la promenade il y a foule. Des gens qui déambulent, touristes, voyageurs, et quelques petites bandes de *ragazzi*.

– Je n'aime pas ça, dit Pandora.

– Quoi ? fait Lotta.

– Le parc. La nuit. Il n'est pas bien éclairé.

Si ça ne tenait qu'à elle, elles feraient demi-tour aussitôt et rentreraient, pour se mettre à l'abri. Cette histoire, elles n'y sont pour rien, et il vaudrait mieux qu'elles ne s'y aventurent pas. Mais il est impossible de raisonner Lotta et, à tout choisir, Pandora préfère l'accompagner. Elle ne peut pas se résoudre à la laisser y aller seule. S'il lui arrivait quelque chose…

Vers l'entrée du parc, il y a moins de monde. La lumière des réverbères projette des ombres dans les arbres et les massifs d'arbustes, et les jeux pour enfants prennent des formes de dinosaures ou d'autres bestioles antiques. Elles longent le plan d'eau et s'arrêtent un instant sur le pont de bois, où un oiseau de mer est posé.

– *Une jeune fille*, dit Lotta rêveusement… *Une jeune fille passe toute sa vie au bord d'un lac. Elle aime le lac, comme une mouette, et elle est heureuse et libre, comme une mouette. Mais un homme arrive par hasard...*

– Qu'est-ce que tu racontes ? demande Dora.

– C'est dans une pièce de Tchekhov. Je ne me souviens pas bien du texte. J'ai dû l'apprendre, et puis l'oublier.

– C'est une histoire qui finit bien ?

– Je ne me souviens plus.

Il y a parfois des choses que l'on oublie parce que l'on ne veut pas s'en souvenir. Le procès de la mémoire n'est pas équitable. Le corps fait barrage, le cerveau filtre.

L'oiseau se dresse sur ses pattes et s'envole dans un froufrou d'ailes.

À la fontaine, Lotta s'assied sur un banc et Dora reste debout face à elle.

– Arrête de regarder partout, dit Lotta. On dirait que tu cherches quelqu'un.

– Ce n'est pas ce qu'on est censées faire ?

– Pas comme ça. Il faut que ça ait l'air naturel si on ne veut pas se faire remarquer.

Du sac en papier, Lotta sort la barquette de *gelsi*. Elle en prend une, qu'elle croque lentement.

– Dora, écoute-moi. Je sais ce que tu penses. Tu veux me ramener à la raison.

– Je veux seulement ton bien.

– Je lui donne ça, et on s'en va... Demain, on y verra plus clair.

– Tu te rends compte, Lotta, que ta mère est en train de te chercher sans le savoir ?

– Pour une fois que c'est moi qu'elle cherche...

Il y a un silence tout à coup. C'est le moment que choisit Domenico pour surgir de l'ombre. Il a l'air à la fois plus perdu et plus déterminé que tout à l'heure. Il va droit vers Lotta, qui s'est levée. Elle veut l'enlacer, il la repousse d'abord, puis la laisse faire, pendant qu'elle dit, *Nico, Nico, Nico*, trop ballottée par l'émotion pour trouver les mots.

– Nico, qu'est-ce qui s'est passé ? Nico, raconte-moi.

Il plante ses yeux dans les yeux de Lotta. Il la scrute avec intensité, gravité, désir. Et elle le scrute avec désir, avidité, compréhension. Elle pourrait tout entendre, en cet instant.

NICO
Ce qui est fait est fait. Je ne regarde pas derrière.

LOTTA
Qu'est-ce que tu vas faire ?

NICO
Je dois disparaître un moment.

LOTTA
Disparaître ? Comment ça ?

DOMENICO
Quelqu'un vient me chercher.

LOTTA
Et ?

DOMENICO

Et je pars. Je n'en sais pas plus.

LOTTA

Elle dévore Domenico du regard. Elle attend qu'il parle.

DOMENICO

Lotta.

LOTTA

Domenico.

DOMENICO

Je n'en sais vraiment pas plus. Quelqu'un vient. Et je pars.

LOTTA

Elle s'écarte de Domenico, dans un mouvement d'oiseau blessé. Se tourne dans toutes les directions, ignorant Pandora.

Quelqu'un ? Quelqu'un ? Où ça, quelqu'un ? Il n'y a que des ombres ici.

Dissimulée sous des journaux dépliés, une forme bouge sur un banc. On entend un grognement d'ivrogne.

DOMENICO

Je fais confiance à l'organisation.

LOTTA

Et pas à moi ? Tu ne me fais pas confiance, à moi ?

DOMENICO
Toi je t'aime. Ce n'est pas la même chose.

LOTTA
À ces mots, elle se rapproche de Domenico.
Arrive quelqu'un, portant des lunettes noires et une barbe postiche.

QUELQU'UN
Mime ? C'est toi ?

DOMENICO
Oui. Je suis là.

QUELQU'UN
Suis-moi.

DOMENICO
Il prend le sac en papier contenant le repas acheté par Lotta.
J'arrive.

LOTTA
Ne me laisse pas.

QUELQU'UN
Il continue son chemin d'un pas de flâneur, attendant que Domenico le suive à distance.

DOMENICO
Il faut…

LOTTA
Il ne faut rien.

DOMENICO
Regarde Lotta, regarde quelqu'un.

LOTTA
Enlève-moi.

DOMENICO
Quoi ?

LOTTA
Kidnappe-moi. Oblige-moi à venir avec toi. Ou ne m'oblige pas. Je viens.

DOMENICO
Mais… Lotta… Je… Non…

LOTTA
Enlève-moi, ou bien je crie.

DOMENICO
Lotta… Lotta…

PANDORA
Se lève et s'approche d'eux.

QUELQU'UN
Fait demi-tour et s'approche d'eux.
Il faut y aller.

DOMENICO
Elle…

QUELQU'UN
Qu'elle vienne.

PANDORA
Moi aussi.

Ils s'éloignent tous les quatre et disparaissent.
Musique : « Hotel Supramonte », de Fabrizio De André.

Du papier journal émerge un visage d'ivrogne, qui se redresse avec difficulté.

L'IVROGNE
J'ai tout entendu. Tout vu et tout entendu. Je sais tout. Je sais tout.

L'OURS

L'an dernier, deux écrivains étaient passés dans les classes. Les élèves avaient étudié des extraits d'un livre que les auteurs avaient écrit ensemble, à quatre mains. L'histoire était celle d'un garçon qui durant une longue nuit aidait des migrants poursuivis par des mafieux et par la police. Le texte se déroulait tout au nord de la France, vers Calais ou Dunkerque. Alors que toutes les questions préparées en classe avaient été posées, l'un des auteurs avait voulu savoir si certains élèves écrivaient. Une main s'était levée, la main de Douma, la tête de la classe, elle avait expliqué être en train d'écrire un roman elle aussi, une histoire d'amour se déroulant au Japon, avec des ninjas. Plusieurs élèves l'avaient vannée et plus personne n'avait levé la main. L'Ours ne se souvient plus de la réaction de l'Opossum à ce moment précis. Il avait décroché depuis un moment, il regardait par la fenêtre. Les écrivains avaient beau être sympas, l'Ours ne voyait pas ce que cela allait changer à sa vie de les rencontrer, il avait à peine survolé le livre – la lecture n'était pas notée, les romans c'était pas son truc. L'Opossum n'avait pas bougé d'un sourcil, c'est une évidence, on ne partage pas ce genre de chose, surtout si on est un garçon. Quand on écrit, on garde ça pour soi. Et pourtant, l'Opossum écrivait. L'Ours en tient la preuve entre ses mains : le cahier confié par Suricate est un coffre aux trésors. Des années durant, Ama a consigné ses humeurs, ses joies et ses idées ; il a accumulé des pages et des pages de slams, de phrases, de punchlines, de poèmes. Et puis, il y a tous ces textes où il parle de lui, de ses joies, ses peines, ses questions, il évoque sa famille, le courage de sa mère, la force de ses sœurs, la crainte et le respect de son père. Il a écrit sur Marseille, sur les Lendemains, sur le Sénégal qu'il ne connaissait pas, sur Baudelaire et son spleen, sur le Dormeur de Rimbaud, sur ses potes Zola et Hugo découverts au collège. Il a écrit sur la douceur d'un matin et la beauté essentielle du soleil se hissant entre deux barres d'immeubles. Il a écrit sur les cadeaux de la vie, sur la haine qui sous-tend le monde, sur le racisme, sur la fierté d'être celui qu'il est, sur les gens qui se noient dans des barques au milieu de la Méditerranée, sur le dealer qui envoie presque tout ce qu'il gagne à sa famille restée de l'autre côté de la mer, sur la difficulté qu'il y a à juger un individu… Ce que tient l'Ours entre ses mains est une partie de l'Opossum, son âme, pense-t-il, bien que cette histoire d'âme qui survit au corps le laisse un peu perplexe. C'est dans la Bible, c'est dans le Coran, ça doit comporter une part de vérité, mais cela ne console en rien l'Ours de la disparition de son ami.

Il faut deux bonnes heures à l'Ours pour lire le carnet. Deux heures entières, avec Suricate derrière son épaule. Ils ont ri comme si la voix d'Ama était là, à chuchoter des vannes un peu foireuses. Ils sentent aussi de grosses boules leur serrer la gorge, l'Ours se verrouille pour ne pas pleurer et à un moment – en lisant un texte où l'Opossum évoquait l'avenir, où il se voyait poète et slammeur – l'Ours tourne la tête vers Suricate, il croise son regard rouge alors il abaisse le bouclier. Pour la première fois depuis qu'il n'est plus un tout petit enfant, l'Ours pleure.

Sitôt la dernière page du carnet lue, l'Ours se lève sans un mot, il soulève le capot de son ordinateur, allume la mixette et les deux platines MK2, il cherche des sons sur un disque dur, sélectionne longuement des vinyles parmi ceux qu'il achète chez Emmaüs. Suricate l'observe sans rien dire, il sait que rien ne doit rompre le silence, il ne perd pas une miette des gestes lents et assurés de l'Ours ; toujours sa délicatesse le frappe : rien dans sa corpulence et sa masse ne laisse deviner qu'il puisse se mouvoir comme on danse au-dessus des platines disque.

– Choisis un texte, dit l'Ours en tendant un micro au Suricate, on commence.

Et sur l'une des platines, il lance un vieux vinyle qui craque, un groupe du siècle dernier, des années quatre-vingt, The Cure, un titre qui résume parfaitement le blocage que l'un et l'autre ont ressenti devant l'émotion : *Boys Don't Cry,* les garçons ne pleurent pas. L'Ours ne conserve que quelques notes de guitare qu'il scratche et met en boucle, sur lesquelles il ajoute une rythmique crunk lourde et syncopée, un peu emphatique, les sons s'unissent comme par miracle à la boucle de guitare new wave. Les sons obéissent aux doigts et aux yeux de l'Ours. Très vite, Suricate pose sa voix, trop proche du micro au début, il sature l'enregistrement. Avec calme, ils reprennent. Jamais Suricate n'a rappé aussi fort, jamais il n'a eu la voix cassée à ce point par la fatigue, l'émotion, la tension et la colère. Jamais il n'a chanté aussi juste. L'Ours en profite pour superposer quelques sons piochés çà et là, les craquements du vieux disque de Cure répondent point par point aux tremblements de la voix du Suricate. Un, deux, trois, ils relancent l'enregistrement, et la grâce les emporte l'un et l'autre très loin : ils sentent que ce qui s'est déroulé voilà déjà trois jours se renouvelle, ce n'est plus une question de chance ou de hasard mais bien de maîtrise. L'Ours enchaîne les breaks avec violence et Suricate sait les exploiter comme l'athlète saute les haies sans jamais trébucher.

Le téléphone de l'Ours sonne, d'un geste il arrache la batterie et l'a jette au sol. Rien ne doit perturber ce qui est en train de naître.

En une heure, ils avaient un morceau.

Deux heures, trois titres.

L'un comme l'autre s'écroulent au bout de quatre heures d'enregistrements, c'est comme si leurs corps avaient été roués de coups, l'Ours a des crampes aux avant-bras, la voix du Suricate est quasiment brisée, mais les cinq morceaux qu'ils viennent d'enregistrer sont tout simplement parfaits.

Allongé sur son lit, l'Ours a passé les mains sous sa tête, il regarde le plafond. Suricate est au sol, contre le mur, les bras autour des genoux, ils reprennent peu à peu contact avec la réalité. Ils se sentent comme s'ils avaient couru le marathon.

– Ce n'est qu'un début, fait l'Ours au bout d'un très long silence.

– Oui, répond Suricate.

Et c'est tout ce qu'il y a à dire, ni l'un ni l'autre n'ont envie de s'épancher, ils font ce qu'ils ont à faire : maintenir l'Opossum en vie en rendant hommage à ses textes. En vérité, ils sont trois dans cette chambre qui sent le renfermé et la sueur, derrière les fenêtres et les volets fermés, un MC, un DJ et l'âme de l'Opossum tout entière contenue dans un petit cahier d'écolier.

Au bout d'une longue demi-heure d'absolu silence, l'Ours se relève, il cherche la batterie de son téléphone, le rallume. Suricate s'approche. L'Ours charge et poste les sons, un à un. Sans rien demander, il met les cinq morceaux en ligne sous un seul titre : *The Soul of an Opossum.*

ELLIE

Au moment où Ellie ouvre la bouche pour raconter son histoire à Shiro, le rideau métallique vibre, craque, tremble et se soulève. Avec prudence, Ellie serre son sac contre elle, le rideau monte en grinçant, stoppe à quatre-vingts centimètres du sol et une tête hirsute apparaît, regarde l'intérieur du café, croise les yeux affolés d'Ellie, ne semble nullement surprise de la trouver là, finit par débusquer Shiro qui entre-temps s'est allongé sur le zinc du comptoir. D'un mouvement souple, l'homme à qui appartient cette tête barbue aux longs cheveux filasses glisse par l'ouverture et sans rien dire pousse sur le rideau pour le refermer. Ellie demeure figée, le rideau s'abat au sol dans un grand bruit de tôle.

C'est alors qu'elle entend la voix aiguë de Shiro faire les présentations.

– Ellie, *let me introduce my friend Jésus.* Jésus, c'est Ellie.

L'homme qui est maintenant debout est un géant d'au moins deux mètres. Il tend une main énorme à Ellie qui hésite un instant avant d'oser répondre à son geste. Lorsque Jésus lui serre la main, celle-ci disparaît jusqu'au poignet entre des doigts massifs et épais, des doigts couturés de cicatrices aux ongles épais et jaunis, des doigts de travailleur, pense-t-elle, d'un travailleur qui a connu un jour un accident.

– *English*? demande Jésus.

Et Ellie est obligée de tourner son visage vers celui du géant.

À sa grande surprise, entre la crinière et la barbe, elle découvre deux petits yeux plissés et rieurs. Et même si elle peine à distinguer sa bouche parmi le fouillis des poils, elle est certaine qu'il sourit.

Instantanément, Ellie se détend. De toute sa vie, elle n'a jamais ressenti pareille confiance. Il émane de Jésus une profonde sérénité. Une douceur aussi. Peut-être est-elle simplement épuisée? Après tout, elle a suivi un elfe jusqu'ici, ce n'est peut-être pas étonnant d'y rencontrer maintenant un gentil ogre.

Lentement, Jésus relâche sa main.

– C'est Noé qu'on devrait me surnommer, pas Jésus, rit-il. Ce café commence à devenir une arche.

– Je ne suis pas un animal, répond aussitôt Shiro.

Jésus le regarde un instant, penche la tête, fait mine de réfléchir.

– Une belette. Ou une fouine. Long museau, petit corps, petit cerveau, dit-il en éclatant de rire.

– Et elle?

Jésus se retourne vers Ellie. Il la regarde un long moment, puis déclare d'une voix ferme et décidée:

– Elle, c'est une renarde. *Foxy lady*.

Ellie n'a compris que le dernier mot, il traverse son esprit comme une décharge électrique, d'un coup elle repense à son père mettant du poison autour des poubelles pour tuer les renards, à ses frères et sœurs (demi-frères, demi-sœurs), à l'insistance aveugle de Liam. Une chose massive et vibrante remonte dans sa gorge. Londres lui paraît infiniment loin, elle se demande ce qu'elle fait là, dans cette ville sale, en compagnie d'une fille-garçon échappé.e d'un manga et d'un géant tout droit arraché à la Bible ou à un texte de Tolkien. Et brusquement, ce qu'elle avait contenu cède d'un coup, Ellie se rend compte que sa vue s'est brouillée, Jésus toujours campé face à elle ondule, Shiro allongé sur le comptoir du bar dégouline. Sa vue se trouble, le café et tout ce qu'il contient disparaissent, emportés par les larmes qui coulent, Ellie est perdue, perdue, elle ne sait plus pourquoi elle est partie, une pensée absurde traverse son esprit, un dessin animé qu'elle a vu il y a très longtemps, sur un extraterrestre bleu qui va rencontrer une orpheline à Hawaï. Elle pense à ce moment où Stitch s'est égaré en pleine forêt et où il dit d'une voix tremblante : *I'm lost.*

Petite fille, la première fois qu'elle a vu le film en DVD, Ellie s'était mise à pleurer, à pleurer sans pouvoir s'arrêter et – soudainement la scène revient avec une netteté implacable – sa mère l'avait alors prise dans ses bras. Quel âge avait-elle ? Trois ans ? Quatre ans ? Sa mère était encore là, présente, elle n'avait pas fui en Australie ; Ellie entrevoit son visage : ses longs cheveux blonds, ses joues un peu rondes. De sa mère, elle ne connaît plus que les rares photos qui lui restent, c'est la première fois depuis des années qu'elle a un souvenir précis d'elle. Alors, au lieu de l'apaiser, le souvenir accentue les larmes, et Ellie pleure, pleure, comme une toute petite fille, elle cède à une faiblesse, Ellie est forte ; à l'école elle s'est battue contre des garçons, elle a passé son enfance et son adolescence à se contenir, à ne jamais desserrer les dents, à faire bonne figure, à ne pas donner prise aux mesquineries de ses demi-frères et demi-sœurs, à ne pas céder aux intimidations des garçons, à ne pas détourner le regard, à répondre aussitôt aux attaques des pestes de cour d'école, à ne jamais mettre genou à terre. Ellie est forte, dure même, elle n'a jamais su pleurer, alors elle ne comprend pas ce qui se passe, pourquoi le souvenir d'un dessin animé idiot et d'un câlin de sa mère la met dans cet état.

Quand Jésus lui tend un rouleau de sopalin, elle réalise que son visage est barbouillé de larmes et de morve. Elle a honte d'avoir cédé, honte de s'être laissée aller devant de parfaits inconnus. Mais Jésus sourit encore. En chassant les larmes du revers de ses mains, Ellie surprend le plissement au coin des yeux du géant. Il ne la jugera pas.

– Ça fait du bien, dit-il.

Ellie ne comprend rien, elle se mouche, elle s'essuie comme elle peut.

– *It's OK,* fait Shiro d'une voix douce. *We all have our reasons to cry.*

Et Ellie relève la tête vers lui.

– *You speak English ?* demande-t-elle entre deux sanglots.

– *Of course,* répond Shiro en riant, *I speak English perfectly.*

La surprise coupe net ses sanglots.

– *You...* commence-t-elle, elle ne sait pas si elle doit l'insulter ou se réjouir d'avoir quelqu'un à qui parler.

– *Sorry,* fait Shiro d'une toute petite voix. *Things must not always be too easy.*

Et l'un comme l'autre éclatent de rire.

LOTTA

Tout dans le porte-conteneurs vibre: le sol, les cloisons, les marches des escaliers, les rampes des coursives. Les moteurs cachés dans le ventre du cargo produisent une trépidation continue, un tremblement sourd, bas, grave. Même à quai, le bateau semble affronter la mer, les machines génèrent une tension qui ne s'apaise pas. Jamais Lotta n'avait été sur un navire aussi grand. Elle a entendu l'homme qui les a accompagnés jusqu'au port dire qu'il mesurait près de trois cents mètres de long. L'homme parlait à Domenico; dès qu'il a été évident que Lotta viendrait, il s'est désintéressé d'elle. Presque trois cents mètres et près de deux mille conteneurs remplis de tonnes et de tonnes de marchandises. C'est la toute première fois que Lotta se trouve de ce côté-ci du port. Elle connaissait l'autre, celui des ferries où les vacanciers embarquent pour la Grèce ou pour un tour de la Méditerranée; lorsqu'elle avait six ou sept ans, ses parents avaient mis la voiture sur un ferry en partance pour Igoumenitsa, ils avaient traversé l'Adriatique en famille, avaient roulé jusqu'à Athènes, l'Olympe, les Météores. Lotta chasse le souvenir avant qu'il ne devienne douloureux, c'était le temps où les regards de ses parents pétillaient de joie, un temps de rires, de légèreté. Du moins, c'est le souvenir qu'elle en garde. Plus tard, elle a compris que les adultes savent dissimuler. Les problèmes entre ses parents dataient d'avant sa naissance, même durant cet été grec il y avait sans doute eu des frictions et des énervements, mais elle ne s'en souvient plus.

Grille après grille, Lotta, l'homme et Domenico se sont approchés du porte-conteneurs, ils ont longtemps marché sur le bitume des quais, puis ils sont passés sous des portiques immenses, ils ont évité des engins haut perchés conçus pour soulever des conteneurs de plusieurs tonnes et les placer délicatement sur la remorque des poids lourds. Au pied d'une passerelle, l'homme les a salués et il est parti en les laissant seuls. Le cœur de Lotta battait à se rompre. Déjà, à l'entrée du port, Pandora l'avait longtemps serrée dans ses bras, Lotta avait alors eu besoin de toute sa volonté pour ne pas pleurer. Dora reste ici, elle n'a aucune raison de fuir, pas d'amour ou de colère qui la pousse à s'embarquer.

À toute vitesse, à l'entrée du port, elles avaient élaboré un scénario : vers 23 heures, au moment où le navire quittera le port, Pandora appellera la mère de Lotta pour lui dire qu'elles sont parties rejoindre des amis. Demain, en fin de matinée, Pandora rappellera pour expliquer que Lotta s'est éclipsée au petit matin. Cela permettra de gagner un peu de temps dans sa fuite. Sa mère va lancer toute la police d'Italie à sa recherche.

À mesure qu'elle suit Nico sur la longue passerelle montant en pente douce contre le flanc du cargo, Lotta sent ses jambes fléchir, sa motivation flancher. Que pensera son père ? Que fera sa mère ?

En haut de la passerelle, un marin asiatique examine les papiers tendus par Domenico, il demande à Lotta sa carte d'identité, elle la tend. Le marin prévient Domenico qu'il y aura un supplément, la cabine a été réservée pour un seul passager. Nico répond que c'est en train de se régler, le marin relève à peine la tête vers eux, il est petit, trapu, son visage lisse ne trahit aucune pensée. Indonésien, pense Lotta. Elle a lu quelque part que la marine marchande emploie beaucoup d'Indonésiens, ils sont moins bien payés que des travailleurs européens, moins syndiqués ou protégés, prennent moins de vacances, s'arrêtent moins souvent de travailler lorsqu'ils sont malades. Leur précarité permet aux sociétés de transport d'augmenter leurs bénéfices.

Le marin leur demande dans un mauvais italien de patienter une minute et la peur paralyse Lotta, sa présence fait courir des risques à Domenico. Seul, il aurait peut-être pu passer inaperçu, mais en compagnie de la fille unique de la commissaire de police la plus célèbre des Pouilles il va attirer l'attention.

Le marin décroche un téléphone, parle en indonésien, raccroche, et répond que tout est parfait, la compagnie vient de recevoir le supplément pour la jeune femme. Et la cabine avec le lit matrimonial est disponible, ajoute-t-il dans un accent quasiment incompréhensible. A-t-il dit « lit matrimonial » ? Lotta se sent rougir jusqu'à la racine des cheveux, Domenico ne lui laisse pas le temps de réagir, il prend sa main et l'entraîne vers le pont supérieur. Les cabines pour les passagers sont situées au quatrième étage de ce qu'il nomme le château : la tour à plusieurs niveaux dominée par le poste de pilotage. L'endroit où l'équipage dort, mange, travaille.

Décorée de deux posters vantant les services de la compagnie maritime, la cabine comporte une banquette, un bureau, un grand lit. À gauche de l'entrée, une porte ouvre sur une douche et un WC. Il y a également un minuscule placard pour ranger ses vêtements. C'est en l'ouvrant que l'un et l'autre réalisent qu'ils n'ont pas de bagages : pas d'affaires de toilette, pas de change. Juste leurs deux corps embarrassés maintenant d'être confinés dans un si petit espace.

Ici comme partout ailleurs, les murs vibrent doucement. La porte de la cabine est étanche, le hublot est étanche, une soufflerie pulse de l'air frais pour éviter l'asphyxie.

Lotta s'approche du hublot. Il ouvre sur le pont intérieur, ne montre qu'une haute forêt de conteneurs empilés et vissés les uns aux autres aux quatre coins.

Brusquement, elle sent la présence de Domenico dans son dos ; plus que sa présence : elle perçoit la chaleur de son corps. Involontairement, Lotta se tend. Elle redoute tout autant qu'elle désire ce qui risque d'arriver. Très lentement, elle se retourne, le visage de Nico flotte à quelques centimètres du sien, elle aurait mille questions à lui poser : qui est-il réellement ? Qui sont les gens qui l'aident ? Qui paie pour sa cabine ? A-t-il l'habitude de commettre des attentats politiques ? Et puis le fourmillement qu'elle ressent dans son ventre comme sur sa nuque est trop fort.

Nico commence une phrase, dit qu'elle pourra dormir dans le lit, il prendra la banquette, mais il n'a pas le temps de finir, Lotta a parcouru les centimètres qui séparaient leurs lèvres et déjà leurs langues inventent un autre langage. Le fourmillement s'est transformé en électricité pure. Les deux mains de Nico ont trouvé à se poser sur les hanches de Lotta, elle chavire tout entière dans l'instant ; elle voudrait que Nico l'enveloppe de ses bras, elle ne sait plus rien d'autre, ni si elle a chaud, ni si elle a froid, ni si elle a peur. Lotta ne veut que du présent, sans cause ni conséquence, sans autre passé que le désir ni autre futur que l'accomplissement du plaisir. Le baiser est très long, très lent, puis la vitesse reprend ses droits : Nico et Lotta se dévorent, debout l'un contre l'autre, Nico est venu se serrer contre Lotta, elle sent sa chaleur épicée par l'été, une vague odeur de parfum, mais sa peau avant tout : l'incroyable odeur de sa peau. Le cœur de Lotta cogne dans sa poitrine, elle s'est blottie contre le torse de Nico, il doit percevoir ses battements de cœur désordonnés. Elle veut sa peau, là, de suite, elle veut qu'il soit nu, elle veut le voir, le sentir, elle veut être nue elle aussi. Elle a déjà embrassé des garçons, elle n'a jamais désiré ce qu'elle désire maintenant. Elle se serre encore plus, elle voudrait chasser la moindre molécule d'oxygène entre leurs corps, elle a besoin qu'il l'enveloppe. Son ventre est en feu.

Et une main frappe à la porte.

Quelque chose se rompt aussitôt, Lotta s'écarte, elle tremble, tient à peine sur ses jambes. Elle a l'impression de bouillir, son visage doit être écarlate. À regret, Domenico se détache d'elle, son regard l'interroge, mais il n'a pas le temps de parler, la main frappe à nouveau. Nico se retourne, ouvre. Un marin se tient à l'entrée de la cabine, il tient deux sacs en plastique. Explique une chose que Lotta n'entend pas, assourdie qu'elle est par les pulsations de son cœur.

Une fois la porte refermée, Nico lui montre les sacs. À l'intérieur : des tee-shirts, deux affreuses culottes blanches, deux horribles slips kangourou, un jean droit, une longue jupe. Et un savon, un shampooing, une pâte dentifrice et un lot de quatre brosses à dents.

– Il a fait ce qu'il a pu pour les tailles, explique Nico.

Et comme Lotta ne comprend rien, il ajoute : l'homme, celui qui les a conduits au cargo, leur a apporté des vêtements de secours.

Nico a vidé les sacs sur le grand lit, Lotta voit un tee-shirt hideux : rose avec un palmier multicolore imprimé. Elle pourrait en rire, mais sa vue se brouille. Quelque chose comme un trop-plein la submerge, et sans savoir pourquoi Lotta pleure. Elle ignore si elle est heureuse ou triste ou anxieuse ou exaltée ou soucieuse. En frappant à la porte, le marin l'a pétrifiée dans son désir, et elle pleure, comme jamais enfant elle n'a pleuré. Elle repense à sa mère, si proche si loin, la félicitant de ne jamais sangloter, elle réentend son père dire qu'une enfant qui pleure n'a rien d'anormal, et elle chasse la dispute qui s'ensuit : sa mère accusant son père de faire d'elle une princesse, son père reprochant à sa mère de vouloir transformer leur fille en guerrière insensible. Lotta voudrait faire taire les échos que partout elle transporte en elle. Elle pleure et s'en veut de pleurer, elle gâche tout, et plus elle pense qu'elle est en train de gâcher l'instant présent, plus elle pleure.

Tout doucement, Nico s'approche.

– Viens sur le pont, le bateau s'en va, dit-il doucement.

Il a passé un bras sur ses épaules, il l'entraîne avec délicatesse. Elle se laisse faire, elle le suit, elle voit à peine qu'ils sont dans une coursive, qu'ils sont maintenant sur une passerelle latérale, les larmes brouillent sa vue. Très vite, les vibrations gagnent en intensité. Le cargo s'écarte du quai, ils ont largué les amarres.

Les larmes s'apaisent, Lotta veut s'excuser, mais Nico place un doigt sur ses lèvres.

– Chuuuuuut, fait-il, regarde.

Et dans la nuit, Lotta voit s'éloigner Brindisi. Elle ne ressent aucun roulis, aucun tangage, le porte-conteneurs est bien trop immense pour être perturbé par les faibles mouvements de la mer Adriatique. Un peu de vent salé s'accroche à ses cheveux. La ville est une guirlande lumineuse entortillée sur quelques collines. En bas, devant le port, sans doute Pandora regarde-t-elle s'éloigner le navire.

Soudain, une question lui traverse l'esprit.

– Où allons-nous ? demande-t-elle.

Domenico la regarde, il sourit et dépose un baiser furtif sur ses lèvres avant de répondre :

– À Marseille.

L'OURS

Le soir précédant l'enterrement, l'Ours ne veut pas dormir, craignant de ne pas trouver le sommeil, de retourner des images dans sa tête et de se retourner la tête.

Il aurait tout fait pour y échapper.

Il a traîné au salon et préparé un thé.

Il a regardé la télé que sa sœur avait allumée.

Il est allé chercher des tasses à la cuisine, de la menthe et du sucre.

Il a bu le thé le plus lentement possible, gorgée par gorgée, presque goutte à goutte.

Il a pensé que chaque goutte de thé brûlant et sucré qu'il aspirait était une larme ravalée.

Il a gardé cette image dans la tête et il s'est demandé comment ça s'appelait, une métaphore ou peut-être autrement, et puis il s'est dit que ce n'était pas grave de ne pas savoir comment ça s'appelait.

Il a essayé de dérouler cette image, il a essayé d'accompagner cette image d'autres images, il a essayé de commencer un texte à partir de cette image, et le seul résultat c'était que du temps avait passé. Le thé a refroidi, sa sœur a coupé le son de la télé sans l'éteindre, puis elle est allée se coucher.

L'Ours a regardé la télé sans le son et les gens dans la télé lui faisaient l'impression de poissons dans un aquarium. Ils se déplaçaient et ouvraient la bouche comme des poissons dans un aquarium.

Il a remarqué un bandeau au bas de l'image et il s'est rendu compte que les poissons avec leurs costumes et leurs chemises étaient en train de débattre à propos des Lendemains.

L'Ours a appelé Suricate avec l'idée de faire encore une autre séance de travail, et il est tombé sur le répondeur.

Il a raccroché, puis rappelé aussitôt, et de nouveau il est tombé sur le répondeur.

Il a laissé un message de quatre minutes et trente-trois secondes de silence, parce que les mots ne lui venaient pas, et parce qu'il lui semblait de toute façon qu'il n'y avait pas besoin de mots pour que Suricate le comprenne.

Il a pensé qu'il ne savait pas y faire avec les mots, que c'était plus facile avec les mots des autres.

Il a fermé les yeux et il a senti le sommeil le gagner, ses membres s'engourdir, les images sous ses paupières devenir floues et plus sombres, comme s'il s'abîmait lentement vers des profondeurs sans lumière, et sans mots.

Il était un ours, et il chassait.

Des minutes ont passé, et puis des heures.

Et puis la nuit.

Et tout baignait dans le silence.

À l'aube, la lumière le ramène à la surface.

L'Ours était en train de rêver.

Il était devant une assemblée de personnes qui toutes le regardaient et le pressaient de questions. Il ne savait pas y répondre. Les questions s'enchaînaient, et il n'y opposait qu'un silence obstiné, confiant.

À la dernière question, il répondait finalement, *C'est plus facile avec les mots d'un autre.*

Quand il ouvre les yeux, il a oublié la question.

ELLIE

Et il y eut une nuit. Elle était peuplée de rêves, d'images puissantes et lentes comme un fleuve pris dans les glaces, comme un film arrêté, dépourvu de scénario, dans lequel Ellie jouait le rôle principal et incarnait toutes sortes de personnages, endossait toutes sortes de costumes et revêtait toutes sortes d'apparences. Elle était un soldat, le cheveu ras et le visage barbouillé de boue, elle était une fugitive, ses longues mèches flottant dans le vent, elle était une exploratrice, une archéologue, une cuisinière, une comédienne traversant la scène d'un théâtre en courant d'une coulisse à l'autre, mais derrière toutes ces apparences et tous ces masques Ellie avait l'étrange certitude d'être toujours elle-même, et elle s'accrochait à cette certitude, et elle s'y agrippait, tandis que le fleuve, en dégelant, l'entraînait dans des rapides où il lui semblait qu'elle pourrait se noyer, où il lui semblait, dans le même temps, qu'elle était invincible, bercée par les flots et quelques notes d'une chanson au piano qui parlait de vélos cassés,

Somebody must
Have an orphanage for
All those things that nobody
Wants anymore

et quand Ellie perçut que le fleuve était sur le point de déboucher, de se jeter dans la mer, elle se laissait bercer par la chanson qui lui remontait de très loin, la voix rugueuse et tendre dont elle se persuada qu'elle était celle de sa mère lui murmurant ces mots dans l'enfance, lui fredonnant d'une voix anxieuse se voulant rassurante,

For 'll the things that you've given me
Will always stay
Broken, but I'll never throw them away

elle se dresse dans un sursaut, manque de basculer de la banquette, écarquille les yeux, perplexe du paysage qu'elle découvre soudain, s'en abreuvant méticuleusement pour s'assurer de sa réalité, et elle remarque Shiro, déjà éveillé, près d'une vieille chaîne hi-fi, assis sur une table les jambes croisées, un mug de café fumant posé à côté de lui, qui semblait tout autant qu'elle surgi de quelque songe.

Ils se regardent l'un l'autre sans un mot, s'évaluant comme deux animaux sauvages qui se croiseraient dans la jungle – et ce décor désordonné de café désaffecté en est une, puis Shiro dit sans détourner les yeux :

– Tu as des rêves intenses.

Ellie ne répond pas. Elle s'étire, se lève, s'approche de la table à pas de chat et tend la main pour s'emparer de la tasse de café. Shiro la laisse faire, un sourire au coin des lèvres. Elle aspire le café brûlant goutte à goutte. Il n'y a rien de mieux, ni rien d'autre, à faire. Ellie regarde l'heure à l'horloge au-dessus du bar, qui indique 10 heures 10, mais elle se rend compte ensuite que l'horloge est arrêtée. Au moment où elle repose la tasse à l'endroit où elle l'a prise, Shiro frappe dans ses mains et saute sur ses pieds.

– Bon, dit-il. Tu as terminé le café ? Tu es prête ?

Ellie hausse les épaules. Prête à quoi ? se demande-t-elle, et une fois de plus c'est comme si Shiro avait lu dans ses pensées. Elle a eu si souvent l'impression que personne ne la comprenait – ni son père, ni sa belle-mère, ni ses moitiés de frères et de sœurs, ni ses professeurs, ni Liam finalement, ni qui que ce soit – qu'elle avait abouti à la conclusion que le monde était peut-être définitivement trop étranger pour elle, ou qu'elle-même était peut-être définitivement trop étrangère pour le monde.

Et pourtant, ce monde, c'est aussi son monde.

– On n'est pas là pour rien faire, dit Shiro.

Puis il lui explique dans son anglais impeccable qu'ils ne peuvent pas rester continuellement dans le café au rideau baissé, que rien n'attire plus l'attention que des adolescents qui traînent tout le jour. Il y aurait toujours quelqu'un pour trouver ça louche, pour s'inquiéter, pour alerter. Alors que si l'on va quelque part, si on fait quelque chose, tout est normal.

– Mais, demande Ellie, on va où, nous ? On fait quoi ?

Shiro prend le mug de café dans une main.

– Ça, dit-il.

Il attrape le dossier d'une chaise de l'autre main.

– Et ça, dit-il.

Il montre des piles de couvertures dans un coin.

– Et puis ça.

Shiro montre finalement tout ce qui compose le décor de leur repaire. Et tout cela, dit-il à Ellie, est ce dont le monde extérieur ne veut plus, des objets inutilisés, des rebuts, des encombrants. Si on sillonne la ville avec un peu de méthode, on trouve des choses incroyables. C'est Jésus qui lui a appris le métier, en quelque sorte. Il l'a emmené partout, lui a montré les combines du métier, lui a expliqué comment se débrouiller dans le métier et l'a aidé à progresser dans le métier.

Le métier, le métier, le métier, il n'a que ce mot-là à la bouche.

– Mais de quel métier tu parles ? demande Ellie.

– De mon métier. Le métier d'errant.

Il remonte le rideau métallique crissant, se faufile dessous et, du dehors, appelle Ellie :

– Alors ? Tu viens ?

LOTTA

Sous les étoiles, le temps passe différemment. Il y a le rugissement des machines, le clapotis de l'eau contre la coque, le cri d'un oiseau de mer, les embruns pulvérisés, la sensation de vent, on n'entend plus battre son propre cœur, qui se met lui aussi à rouler dans la poitrine, haut et bas, droite et gauche, même par temps calme. On essaie de se repérer en fonction des lumières à l'horizon et de ses souvenirs, le nom des villes à rebours de la longue route de sable sur le contour du talon de la Botte, Brindisi, Lecce, Torre dell'Orso, Otrante, mais à cette distance on perd vite le compte des villes et de ses souvenirs, on ne sait plus, on hésite, il n'y a, quoi qu'il en soit, plus qu'à se laisser porter.

Dans la vie, pense Lotta, on choisit quelquefois, mais le plus souvent on se laisse porter, on est quelquefois le capitaine mais le plus souvent on est un membre de l'équipage et le navire avance vers une destination qui nous échappe en suivant un itinéraire que l'on ne connaît pas. Ou du moins, c'est son cas à elle, Lotta. Les choses lui arrivent et elle s'y adapte. Elle choisit un rôle qui a été écrit pour quelqu'un d'autre, et elle l'endosse. Mais les conséquences mêmes de ses choix, elle les ignore. Certaines personnes tiennent le gouvernail, déterminent un but et les moyens d'y parvenir, pour elles-mêmes ou pour les autres. Et les autres suivent, ou accompagnent le mouvement, soit que ça leur convienne, soit qu'elles y soient obligées.

Quand je pense à mes parents, continue Lotta, je crois que ma mère a toujours fait ses choix, dans son travail et dans sa vie personnelle, c'est elle qui a pris l'initiative de séduire mon père, et l'initiative de le quitter, c'est elle qui a choisi sa voie dans la police alors que ses propres parents avaient imaginé pour elle une autre vie plus conforme à celle qu'ils avaient connue, où l'on changeait plutôt de trottoir quand on apercevait un uniforme. Mon père, lui, n'avait pas de vocation particulière. Il allait où son plaisir le menait, et il a cherché à s'adapter aux situations plutôt qu'à changer les choses. Au-dessus de son lit, il a punaisé une phrase qu'il avait recopiée, je crois que c'est un proverbe bouddhiste mais je n'en suis pas sûre, et la phrase dit: «Change ton regard sur le monde, et le monde changera.» Mon père a toujours su encaisser les coups, je crois que c'est sa plus grande force, et quand il n'y parvenait pas, plutôt que de se révolter ou d'imposer sa volonté, il cherchait un remède, un expédient, quelque chose qui fasse passer la pilule. C'est pour cela, et simplement pour cela, qu'il lui arrive de temps à autre de fumer ou de boire de l'alcool. Pour changer son regard sur le monde, et ainsi changer le monde, le rendre plus léger.

Longtemps de ce fait j'ai considéré que mon père était plus faible que ma mère. Il refusait obstinément l'affrontement et semblait se satisfaire de la manière dont les choses se passaient, ou au moins s'y résigner. Je croyais que si on le giflait un jour, il présenterait l'autre joue. Mais j'ai compris ensuite que ce n'était pas le cas, que cette manière qu'il avait d'esquiver n'était pas une faiblesse mais son système de défense, son système de résistance. La vie est trop courte pour s'épuiser en bagarres inutiles.

On m'a toujours dit, du plus loin que je me souvienne, que je ressemblais à ma mère. Que j'avais ses cheveux, que j'avais ses attitudes, que j'avais son visage, et ses oreilles, et son nez, et sa bouche, et ses yeux. Je ne sais pas si c'était vrai dès le départ, dès la naissance, ou si ce n'était pas seulement la volonté de ses parents à elle, de ses amies, voire de mon père, que je lui ressemble, et peut-être que plus ou moins consciemment j'ai cherché à lui ressembler. Par la suite j'ai vu des photos de ma mère enfant, et c'est vrai que la ressemblance est troublante, qu'en effet j'ai ses cheveux, ses attitudes, son visage, ses oreilles, son nez, sa bouche, et ses yeux – ses yeux surtout, mais pas son regard. J'ai les yeux de ma mère, mais le regard de mon père.

À l'intérieur, si ça veut dire quelque chose, je tiens beaucoup plus de lui. Je m'adapte aux situations, et j'ai les épaules solides. J'ai appris à, ou j'ai toujours su comment, éviter les caprices, dompter ma colère, calmer une envie. Lorsque je leur demandais quelque chose, un vêtement de marque qui me plaisait, un jouet coûteux pour Noël et qu'ils me disaient non, je me rangeais à leur avis sans protester, je reconnaissais sans mal que j'étais déjà bien gâtée. Je ne m'opposais pas à eux, et je ne voulais pas les mettre dans l'embarras, au point que j'ai fini par leur éviter même d'avoir à me dire non. J'étais une enfant facile, disaient-ils.

Une enfant facile, ça ne veut pas dire une fille facile. Il y a eu des garçons avant toi, Domenico, qui ont cherché à me séduire ou je ne sais quoi, mais je ne leur cédais pas. Je n'avais pas d'attirance particulière pour eux, et ce manque d'attirance me rendait perplexe. Quand je voyais Pandora par exemple s'emballer en un battement de cils, je pensais que je n'étais peut-être pas douée pour cela.

Et puis je t'ai vu, toi, Domenico, ce premier jour au stage de théâtre, et j'ai senti une force inconnue en moi, un échauffement, une brûlure. J'ai essayé de me raisonner mais il n'y avait rien à raisonner. C'était là. C'était cela. C'était toi. Et dans l'instant, moi qui n'avais jamais tenu le gouvernail, moi qui de toute ma vie n'avais jamais imposé mes désirs à qui que ce soit, moi qui m'étais laissé ballotter de droite et de gauche, j'étais enfin portée vers quelque part, vers quelqu'un, et quelqu'un c'était toi, Domenico. Soudain, je savais où j'allais.

Mais je n'avais pas prévu que tu étais en mouvement toi aussi. Je n'avais pas anticipé que tu pouvais être porté par une autre vocation. Je me suis jetée vers toi comme le ruisseau dans la rivière, comme la rivière dans le fleuve, et maintenant nous voici en pleine mer. Où est-ce que nous allons, Domenico ?

Comme s'il avait pu l'entendre alors qu'elle n'avait pas prononcé un mot, Domenico se tourne vers elle et dit :

– C'est beau.

Elle ne sait pas ce qu'il trouve beau précisément. Cette cavale. Le sourire triste de la lune sur la mer scintillante. Ce qu'elle vient de dire en elle-même. Et elle ne pose pas la question. Lotta se persuade que ce qu'il trouve beau, c'est l'ensemble de ce moment, trop irréel pour ne pas être un film.

Un film dont Lotta partagerait l'affiche avec Domenico.

L'OURS

Lorsqu'il raccroche le téléphone, l'Ours se rend compte combien son cœur cogne fort. Le téléphone ne cesse de sonner, il ne sait pas comment les gens ont obtenu son numéro. En fait, si, il sait : il n'a jamais protégé sa vie privée en ligne, qui s'intéresserait à lui ? Depuis plusieurs jours, il laisse sa boîte vocale accumuler les messages, plus de cent en ce début de matinée. Des 06 qu'il ne connaît pas, des appels de Paris, des numéros de l'étranger. Les cinq titres qu'il a postés hier avec Suricate ont été écoutés plus d'un million de fois. Il n'a pas regardé les commentaires. C'est comme si tout ce tumulte ne le concernait pas vraiment, comme si tout ça arrivait à un autre.

Il ne décroche que si le numéro est dans son répertoire.

À l'instant, c'était le père d'Ama, l'enterrement est pour la fin de matinée, le délai des vingt-quatre heures imposé par le Coran a été rendu impossible à cause de l'autopsie. Au téléphone, d'une voix douce et fière, le père d'Ama a demandé à l'Ours de dire un mot lors de la cérémonie. Traditionnellement, c'est juste l'imam qui parle. Traditionnellement, aussi, on envoie le corps au pays. De sa voix douce et ferme, presque trop lente, le père d'Ama a expliqué à l'Ours que cela n'aurait aucun sens de rapatrier le corps d'Ama vers le Sénégal qu'il n'a jamais connu. L'Ours n'a rien répondu, il a juste noté une chose dans le coin de sa tête : c'est la première fois qu'il remarquait que dans le verbe rapatrier, il y avait le mot patrie. Et, en effet, la patrie de l'Opossum est ici, aux Lendemains, Marseille, France.

La mère de l'Ours entre dans sa chambre. Combien de fois s'est-il mis en colère contre elle quand elle pousse la porte sans frapper ? D'habitude, ça le rend fou qu'elle déboule d'un coup, sans prévenir, sans respecter son intimité. Ils se sont souvent accrochés, l'Ours exigeant qu'elle frappe, sa mère répondant qu'il est son fils, qu'il n'a rien à lui cacher, qu'elle est chez elle. Ce matin, pourtant, l'Ours n'a pas la force de la colère. Sans un mot, sa mère ouvre son armoire, souffle ostensiblement devant les étagères où les vêtements sont roulés en boule, farfouille jusqu'à trouver un pantalon qu'elle emporte sans un mot. L'Ours la suit, elle a déjà déplié la table à repasser dans la cuisine. Il remarque une chemise sur le dos d'une chaise, une belle chemise grise qui n'est pas à lui. Il n'a pas besoin de poser la question pour comprendre que sa mère est allée l'acheter pour lui. N'importe quel autre jour, il aurait refusé qu'elle choisisse ses vêtements à sa place. N'importe quel autre jour, mais pas celui-là.

Dehors, sur le parking, c'est toujours le même mélange de camions de la télévision, et de cars de CRS. Les carcasses des voitures brûlées ont été enlevées. Dans quelques jours, toute trace de ce qui est arrivé aura disparu.

Une main fait sursauter l'Ours, il n'a pas senti sa mère s'approcher, il la croyait occupée à repasser le pantalon. Elle est là, elle a le visage fatigué, marqué de rides profondes. L'Ours sait que les rides ne datent pas de ces derniers jours, sa mère porte sa vie imprimée sur le visage, une vie où les rares joies permettent de franchir la pénibilité du quotidien. Ils n'ont toujours pas échangé un mot, l'Ours ouvre grand ses bras et sa mère vient se blottir contre lui ; étrange mouvement inversé : ce sont les parents qui consolent les enfants.

Combien d'années qu'ils n'avaient pas partagé un geste de tendresse ?

La mère de l'Ours paraît minuscule, leur contact ne dure pas longtemps, déjà elle s'éloigne.

– Tu seras beau avec cette chemise.

– C'est hors de question que je mette cette chemise.

L'Ours raconte alors le coup de fil. Le père d'Ama lui a demandé plusieurs choses : il sera l'un des quatre hommes à porter le cercueil. Il dira quelques mots sur son ami avant que l'imam ne récite les quatre *tekbir* et *Al-Fatiha*, la première sourate du Coran, comme le veut la tradition. Le père d'Ama souhaite également que la musique de l'Ours soit diffusée. Cela fera grincer des dents quelques vieux, mais peu importe. Les femmes seront du cortège aussi, pas à l'écart, pas au loin, elles seront là où le deuil et la douleur exigent qu'elles soient. Il a parlé à l'imam, ils se sont mis d'accord. La cérémonie doit ressembler à Ama, tant pis si de mauvaises langues s'offusquent. À présent que le cœur de l'Opossum ne bat plus, tous doivent lui rendre hommage dans le calme et la paix.

Dans les films, il pleut immanquablement les jours d'enterrement. Sans doute que les gouttes de pluie symbolisent les larmes de tristesse. Dehors, le ciel est déjà d'un bleu vif et électrique. Il fera beau aujourd'hui, ce sera une belle journée, pense l'Ours, même s'il ne sait plus trop ce que cela signifie.

En bas, des gens extérieurs au quartier passent et repassent, ils prennent des photos, font des selfies. Il faudrait peut-être organiser des visites guidées aux Lendemains ? Prévoir un temps pour se photographier à l'endroit où Ama a été heurté ? Garder les épaves pour que les rues soient plus photogéniques ? Ça y est, l'Ours a retrouvé la colère, elle n'est jamais loin, elle demeure tapie à la lisière de l'engourdissement. Autrefois, les foules allaient en masse assister aux exécutions publiques, aujourd'hui chacun veut faire sa photo à l'endroit où se déroulent les drames, chacun veut pouvoir dire *j'y étais*. L'Ours contemple le manège de deux types dans la rue, ils avancent, prennent photo sur photo, il a envie d'ouvrir en grand la fenêtre pour leur hurler de partir, il le ferait sans doute s'il était seul, si sa mère n'était pas occupée à repasser dans son dos, puis une chose se produit : deux garçons, très jeunes – il les connaît de vue, ils ont huit ans à tout casser – s'approchent des deux types, parlent un instant. L'Ours ne les quitte pas des yeux. Ils montrent l'endroit exact où cela s'est déroulé, les types se placent sur la route, le cœur de l'Ours tape lourdement, la colère monte, monte et monte encore. À ce moment, l'un des types fait un truc insensé : il donne son téléphone aux garçons, se place avec son ami sur la route, le garçon fait une photo, une autre, les deux types se détendent, prennent la pause, le garçon recule de quelques pas, refait une photo, les deux types reculent eux aussi pour laisser passer une voiture, et lorsqu'ils relèvent les yeux les deux garçons ont disparu avec le téléphone.

Contre toute attente, l'Ours éclate de rire. Sa mère relève les yeux des plis du pantalon de toile, il rit, il ne peut s'arrêter de rire et son rire doit être contagieux, puisque sa mère sourit.

Dans la rue, les deux types courent en rond, les mômes ont disparu. L'Ours espère de tout cœur que le téléphone coûte une fortune.

– Je vais la mettre, cette chemise, dit l'Ours une fois calmé, avec une cravate si tu veux.

Et lentement, il dépose une bise sur le front de sa mère.

ELLIE

L'air vif du matin pique les joues. À peine fait-elle deux pas dans la rue qu'Ellie s'arrête. Le soleil n'est pas encore levé.

– Mais ? Quelle heure est-il ? demande-t-elle à Shiro qui danse plus ou moins sur le trottoir désert.

– *It's time to pick up mushrooms*, répond-il.

L'heure de cueillir les champignons ? Ellie ne comprend rien.

Mais déjà, Shiro explore les alentours d'un conteneur d'ordures, il revient, un tapis sur l'épaule, le déroule, l'examine en connaisseur, le réenroule et le remet dans une benne.

– Pseudo-tapis oriental *made in China*, rit-il. Troué, taché, cramé. Impossible à revendre.

Ellie veut poser une question et Shiro n'est plus là, avalé par le coin d'une rue. Elle renonce, part à la poursuite de l'elfe qui danse de joie d'avoir dégoté une vieille chaise à bras dont la paille pendouille.

– Presque neuve ! crie-t-il.

Puis, voyant la mine embrouillée d'Ellie, il traduit :

– *Almost new !* Juste la paille à changer, ajoute-t-il, et il s'énerve de ne pas savoir comment dire paille.

Ellie a compris l'essentiel, *straw*, elle a surtout compris que sa mission, ce matin, consistait à faire les poubelles pour récupérer tout objet ou meuble pouvant encore servir. Une nouvelle fois, un fort sentiment d'irréalité s'abat sur elle : elle a traversé la mer et un pays en entier pour se retrouver à fouiller les poubelles à l'aube, avant le passage des camions d'ordures. C'est ridicule, pense-t-elle, puis elle cesse de réfléchir. Les pensées ne servent qu'à alourdir ses gestes.

Petit à petit, alors qu'elle quadrille les rues, Ellie apprend que dans le quartier les poubelles sont ramassées en fin de matinée, alors qu'ailleurs les camions passent la nuit, s'ils passent... Rien n'est plus aléatoire que la gestion des poubelles à Marseille. Et, de fait, ce sont des montagnes de sacs noirs mêlés de pochons de supermarché qui partout encombrent les trottoirs.

– En principe, continue l'elfe, il y a un jour pour se débarrasser des meubles et des objets encombrants, le jour des monstres. Oui, monstres, comme *monsters in English*. Mais les gens bazardent leurs affaires sans se soucier du calendrier.

Ellie apprend qu'au petit matin, quand Shiro et Jésus partent pour leur tournée, les poubelles ont déjà été visitées deux fois : d'abord par les clochards à la recherche de choses pas trop périmées à manger, puis par des groupes organisés de petits ferrailleurs, de Roumains, de migrants, de gens jetés à la rue. Eux, ils ont des poussettes ou des caddies et ils récupèrent les petits objets, les choses qui peuvent resservir, comme l'électroménager bourré de fils de cuivre. Un trafic strict de la récupération et de la débrouille souterraine. Shiro a vu des gens se battre au couteau pour le contenu d'une poubelle. À l'aube, il ne reste plus dans les bacs à ordures que des choses sans valeur : rien qui puisse être mangé, réparé ou recyclé. Mais peu de gens s'intéressent aux meubles : trop lourds, trop volumineux, trop voyants. C'est le business de Jésus, enfin l'un de ses business ; normalement, il travaille chez Emmaüs, une vieille dette : à un moment de sa vie, il s'est retrouvé à terre et la seule main qui s'est tendue pour l'aider à se relever était celle d'un compagnon d'Emmaüs. Là-bas, il tient son rayon, sagement, celui des disques vinyle et compacts. Il y passe un, deux, parfois trois jours par semaine. Quelquefois il est là, d'autres fois le rayonnage des disques demeure fermé. Personne pour le lui reprocher. Et les clients devant sa stature ne sont pas assez téméraires pour se plaindre. Il aide, c'est son moyen de remercier. Le reste du temps, il récupère, retape, repeint, repaille, recoud, rafraîchit, et revend le tout sur Internet, ou bien il s'en sert pour ses chantiers. Jésus est disquaire, brocanteur et décorateur. C'est chez Emmaüs qu'il a eu l'idée de récupérer pour son propre compte. Ses clients sont des privés, des boîtes, des restaurants, des bars branchés qui veulent une ambiance vintage. Éberluée, Ellie apprend que Jésus est une sorte de star, les gens s'arrachent ses services. Cela semble dingue : elle pensait avoir été hébergée par un ermite, un semi-clochard bourru et muet. Hier, quand Shiro a évoqué leur travail, il a minimisé certains détails. Ce n'est pas de la petite retape qu'ils font, c'est un véritable commerce. Et puis, ajoute Shiro, les bobos adorent le recyclé, nous sommes une entreprise leader dans le secteur du développement durable. Ellie ne comprend pas ce qu'est un bobo, Shiro ne fait aucun effort pour trouver un équivalent anglais, mais ce n'est pas bien important, elle a saisi l'essentiel.

Ellie aide Shiro à transporter la chaise à bras ainsi que plusieurs caisses à vin en bois trouvées sur le trottoir, en face d'un caviste, jusqu'au rideau de fer. Ils glissent les meubles par dessous et repartent explorer les rues environnantes, elle suit l'elfe le long d'un étroit passage cimenté et pentu, une ruelle encadrée par des murs de pierre mangés de lierre ; là, ils inspectent un matelas – trop éventré –, un sommier – trop de lattes cassées – et une tête de lit – trop déglinguée : du simple aggloméré de bois s'effritant au toucher. Ils continuent. Le transport des caisses à vin a furtivement fait surgir le visage de son père, elle a rêvé de lui cette nuit, il lui semble, ainsi que de sa mère. Les images s'éloignent et se brouillent, elle ne voit son père que drapé dans le silence, assis seul ou énervé. Elle a perdu le reste et ce n'est pas bien grave, Shiro l'appelle, il est en contrebas, il a repéré un vieux fauteuil rouge en similicuir, éventré : une parfaite prise, il a besoin de son aide pour le soulever et le transporter jusqu'au bar.

– *That's what you do with your life ?* C'est ce que tu fais de ta vie ? elle demande.

Shiro marche devant, il tient le fauteuil par les pieds avant, il exagère un dandinement qui ressemble à une danse, Ellie le voit hausser les épaules. Il se tait longtemps puis elle se rend compte qu'il s'est mis à répondre, d'une toute petite voix, encore plus fine que d'ordinaire. Il répond en anglais, lentement, très lentement, commettant parfois des fautes grammaticales ou employant un mot à la place d'un autre. Shiro parle des veines palpitant dans le cou de son père, des regards rentrés de sa mère, des crises, des coups au lycée, des moqueries en cour de récréation, du type qui s'était placé un jour en face de lui pour lui dire que les pédés dans son genre, il fallait les égorger. Il parle de choses et d'autres, d'insultes, de brimades, de moqueries, d'un professeur s'agaçant en classe de ne pas savoir si on dit lui ou elle à son sujet. Shiro raconte les crocs-en-jambe et les rires, les regards et les murmures, le silence trop lourd ou les conversations interrompues à son approche. Pour finir, il dit une seule chose :

– Jamais Jésus ne m'a demandé qui je suis.

Parvenus devant le bar, Shiro se glisse sous le rideau de fer resté mi-fermé, de l'intérieur il le soulève, tous deux casent le fauteuil où ils peuvent. Il n'y aura bientôt plus la place pour ajouter un portemanteau. Il est grand temps de se mettre en quête d'acheteurs.

– Belle prise, fait une voix derrière eux.

C'est Jésus qui les regarde, il boit un café dans un mug ébréché, il a enfilé une impeccable chemise blanche, il a noué une cravate, et c'est presque tout, pour le reste : il est en slip. Ellie détourne le regard en rougissant.

– Préparez-vous, fait-il. Shiro, va voir dans les réserves de vêtements ce qui conviendrait à cette demoiselle.

Et comme Ellie ne comprend pas ce qui se passe, tandis que Jésus enfile un pantalon noir, Shiro explique :

– *We are going to a funeral.*

Un enterrement ? Mais l'enterrement de qui ?

LOTTA

Ils s'extraient de la salle des machines lorsqu'ils apprennent la nouvelle.

Tout à l'heure, un marin a frappé à la porte de leur cabine, – un Italien, Umberto, chef mécanicien à bord – et leur a proposé une visite guidée du navire. À voix basse, Lotta s'est inquiétée de s'exposer à la vue de l'équipage. Ne devraient-ils pas se cacher ? Domenico avait ri, un cargo est comme un minuscule village des montagnes italiennes : dès qu'un étranger y met les pieds, une ombre postée à sa fenêtre, dissimulée par d'épais rideaux, le repère. Vingt membres d'équipage à bord : cinq Italiens qui sont déjà tous au courant de leur présence et quinze Indonésiens qui ont d'autres chats à fouetter. Umberto, corpulent, une quarantaine d'années, les a conduits dans un vestiaire, leur a tendu une combinaison et leur a laissé deux minutes pour se changer. La salle des machines est trop sale et graisseuse pour y accéder sans une tenue spéciale.

Rouge jusqu'aux oreilles, Lotta s'est retrouvée en culotte et soutien-gorge face à Domenico en caleçon. Épaisse, conçue pour résister aux flammes, la combinaison vite enfilée lui dessine des hanches énormes. Nico a eu beau lui répéter qu'elle était la plus sexy des mousses qu'il ait jamais vus, elle doutait fort d'être à son avantage dans cette carapace.

Umberto les a prévenus qu'il faisait chaud en bas, plus de quarante-cinq degrés, et qu'ils devraient porter des casques antibruit pour ne pas être assourdis par la pression sonore. Puis, il a ouvert une porte, ils ont descendu un escalier métallique très raide et sont entrés dans le gouffre du moteur.

Rien ne les avait préparés à affronter la gifle impressionnante du bruit et de la touffeur. Approcher les moteurs, c'est descendre aux enfers, Orphée et Eurydice main dans la main, avançant dans le grondement terrible des machines, suffoqués par la puanteur d'huile et de pétrole, cuits par le souffle de la Bête.

Comment est-il possible que des gens travaillent là ? Dans de telles conditions ? Au fil de leur descente le chef mécanicien leur a montré des choses du doigt, ils ont ôté leurs casques, le volume sonore les obligeait à hurler. Ils ont vu l'endroit où – pour faire des économies – le cargo distille son propre carburant, transformant le pétrole semi-raffiné en fuel destiné à alimenter les moteurs. Ils ont contemplé des pistons plus hauts qu'un homme et le monstrueux arbre à cames régulant les soupapes, l'axe gigantesque entraînant la rotation de l'hélice.

Au moment de remonter à l'air libre, Domenico/Orphée a commis l'imprudence de se retourner, pourtant Lotta/Eurydice n'a pas disparu, leurs regards se sont trouvés et ils se sont souri. Ils ne sont pas des personnages d'un conte ou d'une légende, ils sont dans la réalité, un réel confus et inquiétant, dangereux et excitant. Si une Pythie avait prédit hier à Lotta qu'elle serait aujourd'hui dans un cargo voguant vers la France, elle aurait écarté le présage d'un éclat de rire.

Nouveau passage par le vestiaire. Re-culotte et re-soutien-gorge. Cette fois-ci leurs yeux ne se sont pas quittés, chacun a osé dévisager l'autre, observer le corps de l'autre. Ils étaient rouges et en sueur, affreux, et cela n'a pas empêché le désir de tendre un arc électrique entre eux.

Trop vite, Umberto est venu les chercher, il les a guidés pour effectuer un tour complet du navire le long d'une passerelle latérale extérieure reliant la proue à la poupe. L'air marin leur fouettait le visage, la transpiration séchait en formant un revêtement huileux sur leurs peaux.

C'est alors qu'ils sont occupés à contempler les terribles remous et l'incroyable longueur du sillage laissé par le cargo, qu'Umberto leur demande s'ils sont au courant de ce qui s'est passé à Marseille.

Et comme ils ne savent pas, il explique : une émeute sans précédent, du jamais vu, les obsèques d'un jeune garçon tué lors d'une course-poursuite avec la police ont dégénéré, les CRS s'approchant trop du cortège, des insultes de part et d'autre, quelques cailloux jetés, et très vite des tirs de lacrymo, de grenades de désencerclement et des flash-balls. Puis, la police fonce dans le tas. La bousculade heurte de plein fouet les quatre porteurs du cercueil, qui tombe au sol, les vidéos de la scène deviennent virales en moins d'une heure et la ville s'enflamme littéralement. La chute du cercueil a déclenché ce qui n'attendait plus qu'une occasion pour se déchaîner. Des mois et des mois que le pays tremble de violences : la crise des gilets jaunes, les manifestations vite réprimées des pompiers, des infirmières, des professeurs, des étudiants, les éternelles scènes de répression, les flots de lacrymogènes et les arrestations en masse. Cette fois-ci, selon le récit d'Umberto, c'est la bonne : les gens ne veulent plus courber l'échine. L'incendie est parti de Marseille et gagne toutes les villes les unes après les autres. Le gouvernement souhaite instaurer l'état d'urgence, des ministres menacent de mettre en place un couvre-feu : une mesure jamais vue depuis la Seconde Guerre mondiale.

La France est une bombe sur le point d'exploser et le détonateur est à Marseille où le cargo accostera dans quelques heures. Et Umberto a vu autre chose : le jeune garçon qui est mort avait enregistré une chanson le jour même de son décès. Une vidéo, partagée des centaines de milliers de fois, montre les deux autres auteurs de la chanson menottés, embarqués par la police durant l'enterrement. Les foules réclament leur libération immédiate. Leur musique est devenue à la fois un tube planétaire et l'hymne de la révolte.

Une fois achevée la visite guidée du cargo, Umberto les accompagne jusqu'à la coursive menant à leur cabine. Ils doivent être épuisés, dit-il. Et enfin, Lotta et Nico sont seuls, avec une poignée d'heures devant eux avant de débarquer dans une ville à feu et à sang.

L'OURS

Qu'est-ce qu'on fait là ? Pourquoi on est là ? Qu'est-ce qui s'est passé ? Est-ce qu'on le sait ? Pourquoi ils veulent nous poser des questions ? C'est à eux de poser des questions ? Qu'est-ce qu'on a fait ? Est-ce qu'on a fait quelque chose de mal ? Quel mal y a-t-il ? Est-ce que c'est nous que l'on accuse ? Pourquoi des menottes ? Entre quelles mains se trouve la justice ? C'est à nous de répondre ? Qui doit répondre ? Y a-t-il une réponse ? Pourra-t-on jamais répondre ? Qu'est-ce qu'ils veulent faire de nous ? Qu'est-ce qu'ils veulent faire ? Où on est ? Mais où on est ?

SURICATE

Je n'entends rien. C'est mon oreille. Je n'entends rien. Je ne veux pas un avocat. Je veux un médecin. Non ça ne saigne pas. Je peux voir mon oreille ? Je ne veux pas voir un avocat. Je n'ai rien fait de mal. J'ai mal. Je veux voir mon oreille. Je veux un miroir. Et puis un médecin. Je n'ai pas besoin d'être défendu. J'ai besoin d'être soigné. Je sens mon oreille quand je passe la main dessus mais c'est comme si elle n'était plus là. Je ne sais pas si je murmure ou si je crie quand je vous parle. Je ne sais pas si vous m'entendez. Vous m'entendez ?

L'OURS

On portait le cercueil. Je ne pensais à rien de particulier. Je pensais à mettre un pied devant l'autre. Je pensais à aligner mon pas sur le pas des autres. À être dans le rythme. J'imaginais ce que ce serait si l'un d'entre nous perdait le rythme. Et dans le même temps je me disais que le cercueil pesait beaucoup moins lourd que ce que j'avais cru. Comme s'il n'était pas porté que par moi, que par nous, mais par tous les gens qui étaient présents tout autour de nous, par le nombre que nous étions. Je pensais au poids d'une vie, et que ce n'était pas grand-chose finalement. C'était à la fois beaucoup et peu de chose en fait. Les pensées étaient un peu confuses dans ma tête. J'étais concentré en moi-même. Je n'ai pas vu la bousculade arriver. C'était dans mon dos, c'était soudain. Non, je répète, je n'ai rien vu venir.

SURICATE

Ça s'est passé tellement vite. Je me souviens de la bousculade. Je revois les gens tomber les uns sur les autres et crier.

Je les revois crier mais je ne les entends pas. Mon oreille… Est-ce que je vais rester sourd ? Je revois de la fumée. Je vois des pierres voler. Des projectiles. Je revois cette grenade assourdissante arriver vers nous. J'ai pensé qu'elle allait nous exploser à la figure. J'ai pensé à la ramasser, à l'éloigner de nous. Je l'ai ramassée. Je l'ai relancée. Je voulais la lancer le plus loin possible. Je ne visais personne. Mais aussitôt qu'elle avait quitté ma main ou presque, elle a éclaté. Je n'ai jamais entendu un bruit pareil. Un bruit à réveiller les morts, quelle ironie. Tout le bruit d'un coup, et puis plus rien. C'est depuis ce moment que je n'entends plus rien.

L'OURS

Il y en a un qui est venu. Il ne portait pas d'uniforme. Il avait l'air plus jeune que les autres. Il me l'a joué copain-copain, et je n'ai pas réussi à savoir si c'était sincère ou s'il essayait de me la faire à l'envers. Il a dit que ma musique lui plaisait, que j'avais du talent. Il m'a parlé de ses goûts musicaux et il touchait un peu sa bille. C'était le genre de truc capable de me faire flancher, et je crois qu'il en avait conscience. Il m'a dit qu'ils n'avaient rien contre nous, qu'ils ne pouvaient pas nous garder. Alors qu'est-ce qu'on faisait là ? Il m'a dit que dehors c'était très tendu. Il m'a dit qu'ils ne pouvaient pas nous faire sortir non plus. Question d'ordre public, ça risquait de mettre de l'huile sur le feu. C'est l'expression qu'il a utilisée, de l'huile sur le feu. Si on voulait bien avoir l'obligeance de patienter, que la fièvre retombe un peu ? Mais c'était quoi ça comme genre de salle d'attente ?

SURICATE

Est-ce que vous comprenez ce que je vous dis ? Ou est-ce que vous êtes sourds vous aussi ? Moi je n'entends pas ce que vous dites. Quand j'étais petit, si je disais une bêtise ou un mot de travers, ma mère répondait : « Il vaut mieux entendre ça que d'être sourd. » La dernière fois que je l'ai entendue utiliser cette expression, c'est quand j'ai essayé de la convertir au rap que j'écoutais. Je veux un médecin. Je veux un hôpital. Emmenez-moi à l'hôpital. Ma place n'est pas ici.

ELLIE

Ellie a l'impression d'avoir déjà vécu cette scène, mais elle ne sait plus où. Tous ces jeunes qui marchent du même pas en uniforme de deuil et qui vont vers un cimetière où ils n'ont jamais mis les pieds. À côté d'elle, Shiro marche sans un mot. Il écoute lui aussi Jésus raconter une histoire, l'histoire de son nom. Jésus dit qu'il le doit non directement à Jésus, mais à un personnage d'un film qu'il était allé voir avec des amis à l'époque où il avait à peu près leur âge, *The Big Lebowski*. Il avait toujours davantage ressemblé au personnage de Lebowski, large carrure, cheveux longs, barbe, et surtout une espèce de nonchalance dans l'attitude, en quoi ses amis ne pouvaient pas manquer de le reconnaître. Mais dans le film il y avait déjà deux Lebowski, ce qui entraînait une série de quiproquos, et finalement on avait commencé à l'appeler Jésus, en référence à un personnage secondaire joué par l'acteur John Turturro, un champion de bowling vêtu de mauve de la tête aux pieds et coiffé d'une résille ridicule, dont la réplique la plus fameuse est *Nobody fucks with the Jesus*. Au fil des années les amis se sont éparpillés dans la nature et plus personne ne s'est rappelé d'où il venait mais le surnom lui est resté.

Ce n'est pas la première fois qu'Ellie entend une conversation à propos de l'origine des noms. Quand elle était encore à l'école primaire, elle avait un jour rapporté à la maison un devoir en forme de questionnaire, sur elle et sur sa famille. Elle avait demandé à son père d'où venait le prénom qu'elle portait, ce qu'il signifiait, et pourquoi il le lui avait donné. Son père avait répondu: «Oh je n'en sais rien, c'est ta mère qui a choisi, c'est à elle qu'il faudrait poser la question.» Par la suite, Ellie s'est souvent repassé mentalement la séquence. Il n'y avait aucune méchanceté à ce moment-là dans la voix de son père, aucune aigreur, aucune ironie, et pourtant Ellie avait perçu toute la cruauté de cette réponse qui n'en était pas une. Ce soir-là, elle avait essuyé une larme du revers de la main, et elle en avait été réduite aux hypothèses sur l'origine de son prénom. Elle avait compulsé un dictionnaire de prénoms. Ellie pouvait être le diminutif de Helen, d'Elisabeth ou d'Eleonor. Il pouvait venir d'un ancien mot qui signifie *elfe*. Avoir un rapport avec la lumière. Elle se souvient que dans ce dictionnaire il y avait aussi le nom de quelques Ellie célèbres, mais qu'elle n'en connaissait pas une seule.

Dans le cortège, Shiro a allumé quelque chose qui ressemble à une cigarette mais n'en est pas tout à fait une. Il tire deux bouffées coup sur coup, puis une troisième qui lui tord le visage dans une grimace d'écœurement.

– Ouh, c'est fort, souffle-t-il, et puis il tend le bras vers Ellie pour lui en proposer.

Ellie refuse d'un geste, aucune envie de se retourner la tête et puis, elle ne sait pas pourquoi, ça lui paraît sacrilège de fumer à un enterrement, ça ne se fait pas. Malgré quoi, l'odeur de la fumée lui parvient aux narines, et cette odeur, elle la reconnaît, c'est exactement l'odeur du joint de Liam, et l'odeur la transporte aussitôt jusqu'au cimetière de Brockley, et maintenant elle comprend sa sensation de déjà-vu. Il y a si peu de temps, Liam prenait une grande place dans le décor de sa vie. Désormais il n'était presque plus rien. Ce qui restait à Ellie, c'était son rêve.

Le rêve qu'elle avait fait là-bas.

Ce n'était pas un rêve, mais comme une prémonition.

Il est là, sous ses yeux.

Elle vit à l'intérieur de son propre rêve.

– Mademoiselle ? entend-elle appeler. Mademoiselle ?

Elle se retourne mais c'est à ce moment-là qu'un mouvement de foule se propage dans le cortège. Elle est poussée, cherche à se maintenir debout, essaie d'agripper la main de Jésus, de garder un œil sur Shiro, elle le voit qui se brûle la main en essayant de sauver son joint, elle ne comprend plus, il y a des cris partout autour d'elle, ça se bouscule dans tous les sens, elle tombe, on lui tombe dessus, elle se relève, c'est la panique.

Et où sont-ils ?

LOTTA

– Les jeunes, les jeunes, dit la voix d'Umberto à la porte de la cabine, et en même temps il tambourine du plat de la main.

C'est Lotta qui se lève et lui ouvre.

– Oh, dit Umberto. Petite mine. Tu n'as pas réussi à te reposer ?

Il n'y a aucune malveillance dans la voix d'Umberto à ce moment-là, aucune aigreur, aucune ironie, et pourtant Lotta ne peut s'empêcher d'y percevoir une allusion amusée.

– Tenez, dit Umberto, mettez ça. C'est pour vous. Pour votre sécurité. Et pour la nôtre aussi. Ce sera plus sûr au port.

Il tend à Lotta deux tenues de bord colorées, avec des bandes réfléchissantes. Elle les prend, referme la porte de la cabine. Avec Domenico, ils s'équipent puis rouvrent la porte. Umberto est encore là, planté devant.

– Écoutez, dit-il. La situation va être un peu tendue quand on va débarquer. On va jouer discret. Vous vous mêlez à l'équipage, vous allez faire comme je vous dis. Sur le port, il y a quelqu'un qui vous attend. Vous partirez avec lui. Après quoi, je ne vous connaîtrai plus. On ne se sera jamais rencontrés. D'accord ?

Lotta et Domenico hochent la tête. Umberto leur explique le rôle qu'ils vont devoir jouer, scène après scène, à l'arrivée dans le port. Quand il a terminé, il pose une main sur l'épaule de chacun d'eux et, dans un sourire, dit :

– Moteur !

Lotta et Domenico vont se poster sur le pont. Ils regardent Marseille surgir et grossir à vue d'œil. Ils n'échangent pas un mot. Lorsque le bateau entre dans le port, ils se joignent à l'équipage, miment les gestes et les déplacements. Quand le bateau accoste, ils patientent encore, jusqu'à ce qu'on leur donne l'autorisation, avec les autres, de descendre.

Ils suivent le mouvement puis, sur une indication d'Umberto, ils se dirigent vers une voiture garée au milieu du quai. La vitre est baissée côté conducteur, une main qui tient une cigarette éteinte en dépasse. Lorsque Lotta et Domenico arrivent à hauteur de la voiture, la main laisse machinalement tomber la cigarette intacte, la portière s'ouvre et un homme sort du véhicule pour les accueillir.

– Mime, dit-il à l'adresse de Domenico, et il lui donne une rapide accolade. Et toi, tu dois être Lotta, ajoute-t-il en se tournant vers elle.

Tous deux prennent place sur la banquette arrière. Dans l'habitacle, la chaleur est suffocante.

L'homme conduit avec aisance. Un autocollant apposé sur le pare-brise lui ouvre sans difficulté les barrières des différents contrôles sur le port. Domenico, l'œil fatigué, regarde le paysage. Lotta, elle, observe le visage du conducteur dans le rétroviseur intérieur. Il a une cinquantaine d'années et pas beaucoup plus de cheveux, d'un gris argenté coupés ras sur le crâne, les yeux dans un nid de petites rides, le teint brun brûlé au soleil de l'été, et quelque chose dans l'expression qui la trouble. Il lui faut un moment pour en acquérir la certitude : le visage de l'homme est celui de Domenico plus âgé, comme un FaceApp en réalité augmentée.

– On doit traverser tout Marseille pour aller jusque chez moi, dit l'homme, qui leur explique ensuite que la ville est sens dessus dessous depuis quelques jours, suite à la mort d'un jeune dans un accident, alors qu'il était poursuivi par des policiers. Il habitait dans mon immeuble.

– Un accident ? réagit Domenico. Un accident, vraiment ?

L'homme au volant hausse les épaules, dans un geste qui ressemble à de la résignation – une résignation qui est tout le contraire de Domenico.

– Vous verrez, enchaîne-t-il. Le quartier est bouclé maintenant. L'accès aux Lendemains est un peu contrarié. On n'en a pas fini avec les contrôles.

Plus loin, en effet, un barrage de police coupe la route.

– Tenez-vous calmes. Tout va bien se passer.

À l'agent de police qui s'approche du véhicule, l'homme au volant tend un papier, et dit, dans un français presque dépourvu d'accent italien :

– J'habite ici.

L'agent de police jette un œil à l'arrière de la voiture, sans remarquer le tressaillement de Lotta, qui prend la main de Domenico pour empêcher la sienne de trembler. L'agent de police rend le papier puis fait un geste et le barrage est levé.

Les rues au-delà sont un spectacle de désolation. Ici et là, on voit des marques noires, restes de voitures calcinées ou de poubelles parties dans les flammes, la plupart des boutiques ont rideau baissé, mais le plus étonnant, pour Lotta, c'est de constater à quel point la ville paraît déserte. Personne sur les trottoirs, personne dans les jardins publics, personne nulle part : où sont passés les gens ?

L'homme se gare devant une tour d'immeuble et les précède dans la cage d'escalier. Il habite au troisième étage, dit-il, et on a plus vite fait à pied que d'attendre l'ascenseur.

Son appartement est fonctionnel et peu décoré. La seule richesse apparente est une bibliothèque très fournie, et une impressionnante collection de disques, rangée dans une étagère qui monte sur toute la hauteur du mur. Quelques bibelots. Des cartes postales.

– Je suis Vincent, dit-il. Vous pouvez m'appeler Vincenzo. Vous voulez boire quelque chose ?

Il apporte au séjour un pichet de citronnade et trois verres, qu'il remplit généreusement. Il vide le sien d'un trait puis grimace.

– Elle est acide, dit-il. Elle a le goût de la vie.

– Toutes les vies n'ont pas le même goût, réplique Domenico d'un ton plus sec que ce qu'il aurait voulu, en versant une cuillerée de sucre dans son verre et celui de Lotta.

– Tu crois ?

En guise de réponse, un silence.

Ils boivent pour étancher leur soif.

Vincenzo regarde tour à tour Domenico et Lotta. Il sourit.

– Écoutez, il faut que je vous raconte quelque chose. J'ai eu… votre âge… commence-t-il, en cherchant ses mots. J'ai eu… votre âge, et… et c'était une autre époque, mais… moi aussi j'étais en rage contre la manière dont tournait la société. Les riches qui mangeaient les pauvres. La corruption. L'exploitation. J'étais… en colère, très impatient aussi. Je militais dans une organisation qui voulait renverser tout cela, et vite. Les choses ont tourné vite, oui, mais pas dans le sens que nous voulions. Il y a eu… des actions… et… plusieurs d'entre nous se sont fait serrer. Moi, à ce moment-là, je n'ai pas eu d'autre choix que de fuir la main de la justice, qui voulait m'écraser, qui voulait tous nous écraser. Je suis arrivé à Marseille et je suis allé chercher du travail sur le port. Plus tard, dans les années 1980, les choses sont devenues un peu plus simples. L'engagement avait été pris de ne pas extrader les activistes italiens qui avaient trouvé refuge en France, même si ceux qui avaient du sang sur les mains ont toujours été inquiétés. Ce n'était pas mon cas, et j'ai filé droit… J'ai tout quitté du jour au lendemain, sans dire au revoir à mes amis, à la famille, ni à ma sœur.

– Ta sœur ?

– Oui, dit Vincenzo en regardant Domenico. Ma sœur. Ta mère.

ELLIE

– Jésus ? Shiro ?

Ellie s'est relevée, elle a mal au genou gauche, elle n'a pas le temps de s'en préoccuper, la peau s'est écorchée lorsqu'elle est tombée au sol dans la bousculade. Des hurlements, des chocs. Elle n'y voit rien, la fumée partout l'encercle, une fumée terrible qui brûle les yeux, la gorge, le nez et les poumons, elle suffoque, il faut qu'elle sorte de là, quelle idée a eu Jésus de venir à cet enterrement ? Ellie veut s'enfuir en courant mais la douleur la fait vaciller. Pour peu, elle retomberait. En boitant et aussi vite qu'elle le peut, elle s'éloigne. Les gens détalent en tous sens, quelqu'un la heurte, elle grimace de douleur, elle ne peut pas s'arrêter, elle regardera son genou plus tard, les larmes brouillent sa vue, des silhouettes sont face à elle, quelqu'un s'approche, un homme, il porte un casque de moto, une veste de cuir, il a des gants, un brassard POLICE orange fluo au bras gauche, il va l'aider, il va la protéger. Enfant, Ellie a appris à l'école que la France était le pays des droits de l'homme, elle s'avance vers lui, il lève la main et elle comprend trop tard son erreur : la main dressée tient une matraque, sans un mot l'homme la frappe, elle a pu anticiper, elle n'est plus que nerfs et réflexes, le coup porte sur l'avant-bras au lieu du visage, cela fait mal mais moins que si la matraque l'avait cognée à la mâchoire, Ellie se jette en arrière, elle n'a rien fait, elle pleure, elle a de l'acide dans la bouche, elle n'arrive pas à respirer, elle a mal au genou, mal au bras, et le type s'avance, il l'a frappée gratuitement, il va remettre ça. Elle cherche autour d'elle, Jésus, Shiro, elle voit des gens qui courent, elle ne voit rien d'autre que les nuées irritantes et étouffantes des lacrymogènes. Le policier s'avance lentement, il prend son temps, il joue avec elle, il a compris qu'elle ne peut pas courir, Ellie ne comprend pas, elle est en France, elle sait que la police britannique est violente contre les manifestants, elle croyait que ce n'était pas possible ailleurs, dans d'autres pays d'Europe. L'espace d'une seconde, elle réalise qu'elle ne connaît rien de ce qui se passe en France, elle se revoit chez elle, avec les petits, ses demi-frères et demi-sœurs, elle revoit son père affalé devant la télé, il regarde les infos, il y a des scènes d'émeutes sur l'écran, elle ignore de quel pays il s'agit, elle s'en fichait à l'époque, elle ne pense qu'au silence grave de son père et au vacarme incessant des petits.

Le type casqué au brassard POLICE joue à faire tournoyer sa matraque, il la nargue, il s'amuse bien, il est heureux de provoquer la peur. Ellie ne le quitte pas des yeux, elle marche à reculons, elle tousse et le flic se jette sur elle. Une douleur vive explose dans son genou, elle se retrouve au sol sans se souvenir d'être tombée. Elle a mal, un coup de matraque s'abat sur sa cuisse. Douleur électrique, nouvelle explosion de lumière sous ses yeux. Autour, des cris, des explosions. Ellie a le temps de se dire que la guerre doit ressembler à cela. Elle revoit, au cimetière de Brockley, les tombes des soldats australiens morts, c'était il y a quelques jours, c'était presque dans une autre vie tellement elle se sent loin de chez elle en cette seconde où un flic commence à méthodiquement la tabasser.

– Mademoiselle ?

Une voix l'appelle, celle du rêve, celle de tout à l'heure, une voix singulière où se dissimule un accent étranger. Ellie relève les yeux. Il est là, l'homme qui l'appelle, elle le distingue mal ; à travers la brûlure ses yeux enregistrent un visage imprécis, il a une cinquantaine d'années, la peau cuivrée, le front très haut marqué de plusieurs rides soucieuses, ses cheveux sont rares et de la même couleur que les gaz, il tend une main qu'elle s'empresse de saisir. Au même moment, le flic casqué tente d'assener un coup de matraque à l'homme. Sans lâcher la main d'Ellie, il fait une chose extraordinaire : son autre main libre s'enroule autour de la matraque et la fait sauter les doigts du policier, un geste d'une rapidité et d'une précision hallucinantes.

– Vous allez bien, mademoiselle ? demande-t-il, comme si le policier n'existait pas, comme s'il relevait juste une jeune fille ayant glissé dans la rue.

Le flic casqué hésite un instant, il se retourne, regarde autour de lui. Il est seul. Dans sa précipitation à se défouler sur une jeune femme blessée, il a quitté sa meute. Il jauge l'homme lui ayant arraché sa matraque des mains, et s'enfuit.

– Venez, ne restons pas là, il va revenir avec des renforts.

À peine l'homme l'a-t-il guidée jusqu'à l'abri relatif d'un passage entre deux immeubles qu'Ellie éclate en sanglots. Elle a mal, elle est perdue, elle est loin de chez elle, elle ne comprend rien à cette violence aveugle qui se déchaîne autour d'elle. Elle a tenu bon jusqu'à présent, mais le trop-plein doit sortir. Elle pleure, pleure et pleure encore, secouée de sanglots, assise au sol, adossée à un mur, et l'homme, celui qui l'a sauvée, lui tend un mouchoir. Pas un kleenex, un vrai mouchoir en tissu, comme elle n'en a jamais vu.

– Vincent, fait l'homme.

Entre deux sanglots, Ellie parvient à articuler son nom.

– Vous êtes anglaise ? Dans ce cas, vous pouvez m'appeler Vincenzo, je suis italien.

Et l'homme sourit, il trouve la force de sourire au milieu de ce terrible foutoir.

– Faites voir votre jambe.

Ellie a du mal à comprendre ses paroles, il a pointé un doigt dans sa direction, elle suit ce qu'il indique. La jambe gauche de son pantalon est brune, maculée de sang. Avec précaution, l'homme s'accroupit et relève le tissu. Le sang a coulé du genou, il est écorché, simplement écorché, comme quand petite fille elle tombait en apprenant à tenir en équilibre sur un vélo.

– *A small scratch*, il commente. Une petite écorchure.

– *It doesn't matter*, elle dit.

Et soudain, ils sont une dizaine, avec des casques noirs, des blousons fermés jusqu'au cou, des matraques ou des tiges métalliques à la main, ils s'abattent sur l'homme, le rouent de coups. Cela se passe en l'espace de quelques secondes, ils s'acharnent à cinq ou six, avec les poings, avec les pieds. Ellie reconnaît parmi eux celui qui l'a frappée. Ils ne se préoccupent pas d'elle, ils ont maintenant une meilleure proie : quelqu'un qui leur a résisté. Arrivent des CRS avec leurs boucliers et leurs tenues de protection, les flics casqués soulèvent Vincent et le livrent à leurs collègues. Ellie se recroqueville, mais personne ne semble la remarquer. Elle ne les intéresse plus.

Bientôt, elle est seule, avec sa douleur, ses larmes, sa gorge brûlée par les gaz. Elle a perdu Jésus et Shiro. Elle a aussi perdu l'homme qui lui était apparu dans un rêve.

L'OURS

Attendre, il n'y a que ça à faire, attendre. Dans l'odeur de pisse, en faisant de son mieux pour ne pas sursauter quand quelqu'un pète les plombs dans une cellule voisine, quand un truc heurte d'un coup les barreaux métalliques. L'Ours attend. Le jeune flic en civil, celui qui se la jouait copain, ne revient pas. Très vite, l'Ours perd la notion du temps. On lui a pris son téléphone, ses chaussures, sa ceinture et sa cravate, des fois qu'il se pendrait en s'accrochant au néon qui semble ne tenir que par la crasse et la poussière. Pas de fenêtre, pas d'autre lumière qu'électrique. Le néon grésille tout doucement, comme si quelque chose était en train de cuire à l'intérieur, une mouche, un insecte en garde à vue.

L'Ours aimerait bien savoir où se trouve Suricate, il n'a pas vu s'il a été embarqué lui aussi, il y avait trop de cris, trop de lacrymos, de grenades assourdissantes, de bousculades, de mouvements, de panique. L'Ours aimerait bien aussi prévenir ses parents. Tout à l'heure, il a demandé à passer un coup de fil, en prenant l'air assuré d'un gars connaissant ses droits. Le flic qui déambulait dans le couloir a fait semblant de ne pas l'entendre. L'Ours a réessayé, plusieurs fois, deux flics enfin se sont arrêtés.

– Tu te crois dans une série américaine ? a ricané l'un des deux, un type d'une cinquantaine d'années, cheveux très courts, gris, coupés en brosse.

Puis ils sont partis en riant et l'Ours est certain d'avoir entendu le mot *bamboula* prononcé par celui qui s'était foutu de lui. *Bamboula.* S'il n'y avait la colère, la fatigue et la haine, ce serait presque drôle. Qui emploie encore ces insultes-là ?

L'Ours attend, et une minute s'additionne à une minute pour donner deux minutes, et ça pue, et un type hurle soudainement, et des voix lui ordonnent de fermer sa gueule de sale pédé, et l'Ours rejoue une scène dans sa tête. Pas celle de son arrestation, pas celle des grenades si proches ; ces scènes-là, il n'a pas vraiment le loisir d'y penser, il n'y en a qu'une importante, une scène capitale, celle où un choc brutal lui fait lâcher la poignée.

Le cercueil.

Le cercueil de l'Opossum.

Le cercueil de l'Opossum n'en finit plus de tomber.

Le cercueil de l'Opossum n'en finit plus de tomber parce qu'il n'a pas su tenir bon la poignée, parce qu'il n'a pas su éviter les gens qui couraient alors qu'éclataient tout près d'eux des grenades assourdissantes. L'Ours sait qu'il devrait diriger sa haine contre les CRS, mais il n'y arrive pas. C'était à lui de ne pas lâcher, de tenir bon, de ne pas laisser tomber son ami une nouvelle fois.

Passent deux flics, un homme et une femme, ils parlent entre eux sans lui prêter attention, il entend la femme dire que ce week-end elle ira à la plage avec ses enfants. Les pas et les conversations s'éloignent et c'est comme si tout le monde avait oublié sa présence, ici, dans cette cellule puante sans fenêtre, sans aération, cette cellule absurde où il n'a aucune raison de se retrouver.

Des pas s'arrêtent, un homme en civil derrière les grilles. L'homme le regarde sans un mot, l'Ours décide de l'imiter : il plonge ses yeux dans ceux du type et ne dit rien, il ne veut pas mendier, il en a marre de poser des questions dans le vide, il ne bouge plus, respire lentement, ne décroche pas son regard. Le type soutient le combat une longue poignée de secondes, puis il rit.

– On a un caïd ici, il mordrait s'il n'était pas en cage.

Lentement, l'homme se détourne et s'en va.

Des histoires de garde à vue, l'Ours en connaît trop. À son âge on ne devrait pas en savoir tant, mais il est noir, il vit aux Lendemains, à Marseille, alors il sait : les humiliations, les nuits à chercher le sommeil, le vomi pas nettoyé, les insultes. Des amis à lui sont passés par des cellules comme celle-là. Certains le méritaient, d'autres n'avaient rien à se reprocher sinon d'être nés du mauvais côté d'un boulevard.

Un cri lui parvient d'une cellule éloignée, il croit reconnaître la voix du Suricate, il l'appelle, hurle son prénom, le vrai, Siaka. Suricate, c'est entre eux, il ne veut rien lâcher aux flics, pas même l'opportunité de se moquer d'un surnom.

Un autre type se met à gueuler en même temps que lui, l'Ours ne sait pas si on lui a répondu ou non, il crie le prénom à nouveau, un flic lui ordonne de fermer sa gueule et personne d'autre ne répond à son appel. Comment saurait-il que Suricate est bien là, à moins de dix mètres de lui, séparé par deux cellules, un tympan crevé, roulé en boule sur une banquette, un silence glacial dans une oreille et un sifflement aigu dans l'autre, réclamant en boucle et à voix basse de voir un médecin ?

Deux flics ouvrent la grille, l'appellent, il se lève, trop lentement, un le tire par l'épaule, les boutons de la chemise sautent au niveau du col, le tissu s'est déchiré. La chemise neuve, achetée par sa mère, pour l'enterrement.

L'Ours suit les flics, il monte des marches, longe des couloirs, redescend des marches, en remonte d'autres. On le fait entrer dans un bureau, on ne lui pose aucune question, on lui tend une feuille, on lui dit de signer et il pourra sortir. L'homme assis sur le coin du bureau en face de lui porte un sweat délavé, un jean, des baskets. Il n'est pas rasé, ne doit pas avoir plus de trente ans, blond, yeux bleus, une gueule à jouer l'inspecteur dans un téléfilm. L'Ours lit, au début il ne comprend rien : des citations de textes de loi, des articles et des alinéas, mais à un moment, cela devient concret, sur la feuille il est écrit qu'il reconnaît avoir pris part à une manifestation interdite par la préfecture.

– Signe, fait l'homme, sans le regarder.

L'Ours ferme les yeux une petite seconde, c'est toujours ce qu'il fait lorsqu'il a besoin de réfléchir. En classe, cela agace certains professeurs. L'inspecteur ne dit rien, il attend. En choisissant ses mots, l'Ours raconte : la mort d'Ama, l'enterrement. Il ne manifestait pas, il portait un cercueil. L'inspecteur sourit.

– Bon, il dit, si tu veux la jouer comme ça, tu retournes en cellule et tu verras le juge demain.

L'Ours se lève, il a la force de se lever en silence, de se tourner vers les flics qui l'ont escorté jusqu'à ce bureau, et de repartir.

Sans hurler. Sans insulter. Sans s'énerver. Sans cracher au

visage. Sans dire que la justice est injuste. Au fond de son cœur, un cercueil tombe. C'est le seul jugement qu'il craigne. Les flics peuvent inventer ce qu'ils veulent, cent personnes témoigneront qu'il portait le corps de son ami. Il les méprise et le mépris est plus fort que la haine.

Revenu à la cellule, celle-ci s'est fortement peuplée. Un elfe, un homme d'une cinquantaine d'années, amoché, du sang séché sur le visage, et un grand type au visage mangé par une barbe plus ou moins propre que l'Ours est persuadé d'avoir déjà vu. L'Ours hésite un instant, les occupants ont les yeux rivés sur lui.

– Bonjour, il dit.

– Shiro, fait l'elfe.

– Vincent, se présente le type au sang coagulé dans les plis de sa peau.

– Jésus, se présente celui qui ressemble à un clochard.

Et l'Ours le reconnaît brusquement : le type d'Emmaüs, celui à qui il achète ses vinyles.

Puis Vincent très vite reprend la parole, sa voix a un accent imperceptible.

– Bon, vous connaissez vos droits ? Ces salauds ne nous auront pas.

Malgré son visage meurtri, il sourit. Au moins, l'Ours aura de la compagnie pour tuer les prochaines heures.

LOTTA

– Tu penses qu'il va bientôt revenir ?

– Il nous a dit de ne pas bouger.

Domenico tourne en rond dans l'appartement. Lotta tente de glisser une main sur sa joue mais il se détourne, il est trop nerveux pour remarquer un simple geste de tendresse, aussi essentiel soit-il.

– Tu crois qu'il nous a menti ?

– Pourquoi nous mentirait-il ?

– Il a prétendu être mon oncle.

Jamais Domenico n'avait entendu sa mère évoquer Vincenzo. C'est incroyable, tout de même. Si sa mère avait eu un frère, il l'aurait su, il y aurait eu des photos chez ses grands-parents, sur le buffet, dans les albums, son nom aurait été prononcé lors d'un repas de famille. Il connaît ses deux tantes, toutes deux plus âgées que sa mère ; il a toujours pensé que ses grands-parents n'avaient eu que trois filles. Comment ont-ils fait, tous, pour gommer une personne de leur vie et de leur cœur ? N'ont-ils jamais été saisis de remords en contemplant une chaise vide ? Domenico réentend son grand-père chanter, à la fin des réunions de famille. Pouvait-il être heureux alors que son fils plus jamais ne viendrait s'asseoir à sa table ?

Domenico tourne en rond du salon à la cuisine et de la cuisine au salon. Lotta a beau lui expliquer qu'elle trouve une ressemblance, que Vincenzo est une sorte de version de lui en plus âgé, il ne parvient pas à accepter l'évidence.

À la question de savoir qui sont les gens qui l'ont aidé à quitter l'Italie depuis l'incendie, Domenico ne veut pas répondre.

– Moins tu en sais, mieux c'est, il dit.

Et Lotta pour la toute première fois a envie de se mettre en colère : elle vient de fuguer de chez elle pour l'accompagner, elle a tout lâché dans l'instant pour lui, et il refuse de lui faire confiance. Elle lui a tout donné, tout, tout ce qu'elle possédait. Elle est à deux doigts d'éclater quand une détonation les fait sursauter l'un comme l'autre. Ils s'approchent de la fenêtre. En bas règne la confusion la plus complète : des gens courent, les CRS lancent des grenades lacrymogènes au-dessus de la foule, ça explose et ça crie. Aucun des deux n'a jamais vu ça. D'après ce que Vincenzo leur a expliqué, un adolescent du quartier a été tué lors d'une course-poursuite avec la police, un cortège allait conduire son corps de chez lui à la mosquée et de la mosquée au cimetière situé juste derrière les Lendemains.

De la fenêtre du troisième étage, Lotta et Nico ont une vue d'ensemble sur le tumulte. Les CRS chargent la foule, des gens cagoulés jettent des pierres dans leur direction, des types de la BAC protégés par des casques de moto foncent dans le tas. Vincenzo se trouve quelque part dans cette confusion. Tout à l'heure, il a ouvert toutes les portes de l'appartement, leur a montré sa chambre, puis une autre chambre avec deux matelas d'une place au sol, la cuisine, la salle de bains, il a ouvert le frigo, les placards, il leur a dit de s'installer, de manger s'ils ont faim, de prendre une douche s'ils ont chaud. Lui, il se devait d'être en bas, dans le cortège. Depuis les années quatre-vingt il vit aux Lendemains, il est devenu quelqu'un d'ici. Il est connu, respecté, il souhaitait rendre hommage à ce garçon tué.

Lotta pousse un petit cri, elle montre une scène du doigt, Domenico a du mal à saisir ce qu'elle lui désigne, puis il voit : Vincenzo traîné par deux CRS et jeté dans un fourgon. Avec les fumées il est impossible de distinguer les détails, mais la façon dont son corps pèse laisse penser qu'il est évanoui ou groggy. Sans un mot, Domenico bondit, Lotta l'appelle mais déjà la porte d'entrée a claqué. Tout bas, elle murmure *sei pazzo,* tu es fou, et pour la première fois elle a peur. Que se passera-t-il si la police française arrête Domenico recherché en Italie ? Que va-t-elle faire, elle, seule dans cet appartement ? Elle cherche la silhouette de son amour en bas, elle ne voit rien, il faudrait ouvrir la fenêtre mais elle ne peut pas à cause des lacrymogènes. Le fourgon, lui, démarre, embarquant Vincenzo.

Une minute passe, la foule se noue et se dénoue. Les gens s'enfuient, les flics ont gagné. Lotta connaît l'importance de la police, du maintien de l'ordre, du respect des lois, elle sait combien les gens sont injustes envers les flics, elle a vu sa mère blanchir de colère lorsque les médias italiens s'acharnaient sur des policiers, mais là, en cette seconde, observant la violence aveugle se déchaîner lors d'un enterrement, elle hait les CRS comme les flics en civil.

Moins de dix minutes plus tard, elle entend la porte se rouvrir. Elle bondit, Domenico est là mais Lotta est arrêtée dans son élan. Il a passé sa main sous les bras d'une fille blonde, belle, à la peau pâle. Lotta se fige, une seconde la colère et la peur et la haine trouvent une nouvelle cible. Puis elle réalise que la fille a relevé une jambe de son pantalon et qu'elle saigne. Nico raconte : il n'a pas retrouvé son oncle, mais il est tombé sur elle, en bas, cachée sous le porche, elle est blessée, elle a été matraquée.

– Et, ajoute-t-il, je ne comprends rien à ce qu'elle raconte, elle parle anglais.

L'OURS

Vincent leur a recommandé de ne rien dire, ou d'en dire le moins possible, de ne surtout pas céder à la moindre provocation, à la première insulte, parce que c'était leur jeu, ils n'avaient rien contre eux jusqu'à présent, mais ils chercheraient la faille et s'engouffreraient dedans pour peu qu'on leur donne prise. Il fallait s'en tenir au droit, disait Vincent, rien qu'au droit, parce que le droit était de leur côté et leur donnerait raison. Il leur prodiguait des conseils de toutes sortes d'un ton de professeur, du ton de celui qui connaît la vie et veut vous l'expliquer, avec bienveillance et autorité, et peut-être un peu trop d'insistance.

En l'écoutant, d'abord avec attention puis avec la tentation grandissante de l'envoyer okboomer, Shiro ne peut s'empêcher de repenser à son professeur de piano, à son obsession du rythme, du doigté, à son insatisfaction permanente, mais c'était dans sa vie d'avant, loin, il y a longtemps, tant il est vrai qu'on peut avoir dix-sept ans et avoir déjà une vie d'avant, ou même plusieurs. Shiro en avait tenu rigueur à son professeur de musique en particulier, puis par contamination à tous ses professeurs, de leur prétention à vouloir son bien sans se préoccuper de savoir ce qu'il voulait lui, sans se préoccuper de son bien à lui. Et c'est à cela plus qu'à toute autre chose que Shiro attribuait le fait d'avoir décroché scolairement, il n'entendait plus ce qu'on lui disait parce qu'il avait fini par refuser d'entendre, par principe, ce qu'on lui disait, rejetant tout rapport de force ou toute hiérarchie, et pour la même raison il avait décroché des paroles de Vincent. Shiro flotte dans un monde où rien ne peut l'atteindre. Il arbore un sourire au coin des lèvres, ironique ou béat, comme en ont parfois ceux qui viennent de se faire tabasser et qui savent que bientôt, dans une prochaine vie, ils auront leur revanche. Les coups, il sait ce que c'est. Les insultes aussi. Les crachats. Dans sa vie d'avant, les crachats avaient porté, les insultes l'avaient blessé, mais à présent il se sent comme habité par une force qui le rendrait invincible.

Deux policiers arrivent à l'entrée de la cellule et l'un d'eux désigne Shiro d'un mouvement du menton :

– Toi, Peter Pan, tu viens avec nous.

Shiro s'avance d'un pas lent d'empereur déchu. Quand il arrive à sa hauteur, l'autre policier tente quelque chose entre la blague et l'insulte à propos de Wendy et Peter Pan, qui ne fait rire personne, à quoi Shiro ne répond pas autrement que par ce petit sourire calme assaisonné de mépris.

Plus tard c'est le tour de Jésus.

Plus tard c'est le tour de Vincent.

Et le temps passe ainsi, fait de convocations, de va-et-vient, de conseils inaudibles et d'encouragements à soi et aux autres. Par moments, tous se taisent, et l'Ours tend alors l'oreille pour tenter de percevoir, au-dehors, la rumeur d'une foule qui se serait attroupée pour exiger leur libération. Au cœur de l'un de ces silences, l'Ours a l'impression d'entendre une voix. Une voix qui n'est pas la sienne, ni celle de l'Opossum, ni celle du Suricate :

– *Il faut que j'aille enterrer mon frère que ces hommes ont découvert.*

D'où lui est venue cette phrase, de quel recoin insoupçonné de sa mémoire ? L'Ours n'en a aucune idée. Cependant elle est là, cette phrase, une évidence, et il se la répète encore et encore, pour s'en imprégner comme d'un refrain. Il commence à tapoter un rythme des doigts sur sa cuisse, pour accompagner cette phrase. Il a déjà l'intuition d'une chanson. Où qu'il soit, enfermé ici aujourd'hui, ou dehors aux Lendemains, la musique est son échappatoire.

Au soir finalement, on se décide à les libérer.

– Toi, toi, et toi, leur dit-on, et ils se lèvent.

Vincent fait de même.

– Toi, lui dit-on, tu restes ici pour l'instant.

ELLIE

Le garçon aide Ellie à s'asseoir dans le fauteuil du séjour. Il y a une fille. La fille la regarde avec plus de défiance que de compassion. Ellie détourne les yeux. Le garçon va à la cuisine et revient avec un verre d'eau. La fille prend le verre d'eau des mains du garçon et le tend à Ellie, qui le boit d'un trait. Ellie pose le verre à ses pieds et avise son genou écorché. Le sang a coulé un peu et forme maintenant une petite croûte rouge ou violacée mêlée de gravillons, et à la vue de son propre sang Ellie grimace, elle n'aime pas ça. Le garçon et la fille l'observent, puis la fille dit quelque chose au garçon, qui se met à chercher autour de lui comme on cherche dans une maison qui n'est pas la sienne. Il ouvre des placards et les tiroirs d'un bureau aménagé dans la pièce de séjour puis dans la cuisine, puis il pousse une porte qui donne sur un couloir. Peu de temps après il revient avec une balle de coton, deux ou trois flacons de ce qui doit être du désinfectant et une trousse de secours. Le garçon tend le tout à la fille, qui examine les flacons en fronçant les sourcils, en choisit un puis s'agenouille devant Ellie. Elle observe la plaie, appuie légèrement de part et d'autre de la croûte de sang pour évaluer la douleur semble-t-il. Ça fait un peu mal quand on appuie, mais pas trop. Puis le visage de la fille s'éclaire d'un sourire imprévu, et elle dit « Italie » en montrant le genou d'Ellie. Ellie ne comprend pas, et elle répond :

– Ellie.

La fille imbibe le coton de produit désinfectant. Elle essaie de faire comprendre à Ellie que ça risque de piquer, qu'elle va peut-être avoir mal. Ellie agrippe les deux accoudoirs du fauteuil et regarde autour d'elle. L'appartement est encombré de livres mais assez peu décoré. Ellie remarque une affiche encadrée au mur, la reproduction d'un tableau de Van Gogh, *Les Vieux Souliers*. Sur le bureau calé dans un coin de la pièce, sous la lumière d'une fenêtre, un ordinateur, une imprimante, une tasse à café vide posée sur un gros paquet de feuilles et un bouquet de crayons planté dans un pot. Au-dessus du bureau, il y a un pêle-mêle de photographies, parmi lesquelles elle reconnaît le visage de l'homme qui l'a aidée dans la rue. L'homme qui lui était apparu en rêve.

Le désinfectant au contact de la plaie lui cause une sensation de brûlure, un picotement. Ellie serre un peu plus les doigts sur l'accoudoir. Lorsque la plaie est nettoyée, la fille lui demande dans un mélange d'italien, d'anglais et de gestes si Ellie peut se lever et marcher.

Ellie se redresse et, d'une démarche claudicante, elle marche jusqu'au bureau. Sous la tasse à café, elle lit un titre écrit en grandes lettres noires : Gallipoli. À côté, des feuilles éparses de notes. Et cette liste :

Forces impériales australiennes
Paquetage militaire/Première Guerre mondiale (1914)

Kit

Sac, kit, universel 1
Ceinture 2
Brosse à cheveux 1
Blaireau 1
Brosse à dents 1
Oreiller, kaki 1
Peigne 1
Plaque d'identité 1
Caleçon, coton 2
Bande 1
Fourchette 1
Sacoche 1
Nécessaire de couture 1
Tricot 1
Couteau 1
Couteau multifonction avec fermoir, alène, ouvre-boîte, dragonne 1
Rasoir (le cas échéant) 1
Chemise, flanelle 2
Maillot de corps 2
Savon, pain 1
Chaussettes, paire 3
Cuiller 1
Serviette 2

Ellie se souvient aussitôt de Londres, du cimetière de Brockley, et un vertige la prend. Elle s'appuie des deux mains sur le bureau le temps de reprendre ses esprits.

Elle regarde le pêle-mêle de photographies. Sur la plupart on voit cet homme qui l'a aidée dans la rue, cet homme du rêve, avec des amis sans doute, en vacances dans différents endroits. Dans le coin droit du pêle-mêle, sur un cliché dont les couleurs ont un peu passé à la lumière, il pose, tout sourire à côté d'une femme. Cette femme, Ellie la reconnaît, bien sûr. C'est sa mère.

LOTTA

Domenico aide la fille à s'asseoir dans le fauteuil du séjour. Elle a beau connaître les circonstances, Lotta a une réaction de jalousie immédiate à voir cette fille le bras passé autour des épaules de Domenico. La fille fait un peu peine à voir pourtant. Elle a le visage comme gondolé par les larmes, du noir autour des yeux. Lotta regarde Domenico se diriger vers la cuisine, entend couler l'eau du robinet. Quand il revient, elle lui prend le verre des mains. Comme par réflexe – ou est-ce encore une pointe de jalousie ? – elle se dit que c'est à elle de s'occuper de la fille. La fille a l'air choquée plus que blessée. Elle boit l'eau d'une seule grande gorgée. Personne ne lui a appris qu'il ne faut jamais faire cela ?

– Domenico, s'il te plaît, va chercher quelque chose pour nettoyer la blessure.

Il part en quête, ouvre tout ce qui ressemble à un tiroir ou une porte de placard, cherche dans la chambre et la salle de bains et revient avec un petit attirail de pharmacie. Soigner, Lotta a toujours aimé cela. Avec sa mère, avec son père, c'est à elle que revient ce rôle, peut-être parce que ses parents, chacun à sa façon, ne l'ont pas assez fait. Ils n'ont pas su assez prendre soin l'un de l'autre et n'ont jamais considéré comme totalement légitime de prendre soin d'eux-mêmes. Elle examine les flacons que Domenico a rapportés, du liquide physiologique, un truc dont l'étiquette ne lui dit rien qui vaille, et de l'antiseptique, ça fera l'affaire. Lotta se met à genoux devant la fille, étudie son genou amoché. La blessure semble très superficielle, c'est étrange qu'elle ait déclenché un tel torrent de larmes. À peine une modeste croûte de sang qui a coulé sur quelques centimètres. Et cette croûte a la forme exacte de l'Italie.

Lotta dit :

– Italie.

Mais la fille visiblement ne comprend pas et se désigne elle-même en disant « Ally » ou « Ellie ». C'est un prénom, ça ?

Lotta ouvre le flacon d'antiseptique et en verse généreusement sur un morceau de coton. Elle essaie d'expliquer que ça risque de faire mal, de picoter. Pourtant, elle sait que ce n'est pas grand-chose, mais à voir comme la fille semble avoir souffert elle pense qu'il vaut mieux la ménager.

D'un coup de coton Lotta efface l'Italie.

– Tu peux te lever ? demande Lotta. Marcher ?

Elle le fait elle-même, pour se faire comprendre.

– Je suis Lotta, dit-elle également, mais la fille ne l'écoute pas.

La fille se lève donc avec une grimace et s'éloigne vers la fenêtre. Bon, ça a l'air d'aller, à part l'allure sans doute, c'est toujours comique de voir quelqu'un avec une jambe du pantalon remontée jusqu'au-dessus du genou. Lotta la suit. La fille lit un papier sur le bureau puis tout à coup elle donne l'impression de flancher. Elle se retient, reprend sa respiration, remarque les photographies accrochées au mur. Sur l'une d'elles, où Vincent apparaît jeune, lycéen ou étudiant peut-être, la ressemblance avec Domenico est criante. Puis à côté d'elle, la fille pousse un petit cri de stupeur, elle dit quelque chose qui ressemble au début d'une question mais ses yeux tournent, ses paupières battent trois quatre fois très vite et elle s'écroule de tout son poids dans les bras de Lotta, qui, surprise, n'a que le temps d'amortir sa chute.

– *Ehi, ehi,* appelle Lotta, d'une voix affolée, pendant que Domenico se précipite auprès d'elle.

Mais en l'espace de trois secondes la fille rouvre les yeux, le visage soudain détendu, les yeux un peu vagues.

– Je… Nous… Qu'est-ce que… ?

– *Va bene, va bene tutto,* dit Lotta.

La fille reste allongée par terre au pied du bureau.

– Il faut lui poser des questions, dit Domenico.

– Des questions ? fait Lotta.

Alors Domenico pose à la fille une série de questions, que Lotta traduit comme elle peut.

– *Come ti chiami ?*

– Comment est ton nom ?

– *Tu mi vedi ?*

– Tu vois moi ?

– *Che giornio è oggi ?*

– Quel est aujourd'hui ?

– *Dove siamo ?*

– Où sommes-nous ?

– *Perché sei qui ?*

– Qu'est-ce que tu fais ici ?

À toutes ces questions, la fille n'est pas certaine d'avoir des réponses.

L'OURS

Derrière son bureau, l'homme ne croise pas le regard de l'Ours, il farfouille dans un dossier, prend un papier, le repose, en cherche visiblement un autre qu'il ne trouve pas, se focalise ensuite sur son ordinateur, clique, souffle entre ses dents, clique et clique et clique, semble avoir trouvé ce qu'il cherchait, émet un petit claquement de langue d'irritation, laisse tomber, et se met à parler sans jamais dévisager l'Ours. Il parle comme s'il était seul dans cette pièce, il parle comme certains professeurs au lycée préfèrent parler au vide plutôt qu'aux élèves, ses mots puent la défaite. Il rappelle à l'Ours qu'il lui est reproché d'avoir participé à un groupement non autorisé par la préfecture, qu'il s'agit donc d'une infraction prévue par l'article 222-14-2 du code pénal. Il récite d'une voix absente le dernier alinéa de l'article 8 de la loi n° 201-987 du 21 juillet 2016 modifiant la loi n° 55-385 du 3 avril 1955 : *Les cortèges, défilés et rassemblements de personnes sur la voie publique peuvent être interdits dès lors que l'autorité administrative justifie ne pas être en mesure d'en assurer la sécurité compte tenu des moyens dont elle dispose.* L'homme se racle la gorge, l'Ours se tait. Il ne manifestait pas, il enterrait son ami. Il l'a dit, redit, il pourrait tout autant parler au mur, à la lampe posée sur le bureau, aux grilles derrière la fenêtre, aux néons, au plafond suspendu, eux peut-être l'écouteraient. Les hommes et femmes ici présents n'entendent rien, ne comprennent rien. C'est comme si la routine les avait essorés de toute intelligence, de toute compassion, de toute humanité. Les flics, l'homme en face de lui dont il ignore la fonction, sont évidés à la petite cuillère, il n'en reste rien d'autre qu'un corps qui parle et agit dans le brouillard. Et il continue, le type, derrière son bureau, sans relever ses yeux, peut-être est-il aveugle après tout ? Il informe l'Ours qu'il s'est rendu coupable d'une infraction constituant un délit pouvant être puni de six mois d'emprisonnement et de sept mille cinq cents euros d'amende conformément à l'article 13 de la loi du 3 avril 1955 déjà mentionnée. Il ajoute que l'article 222-14-2 du code pénal sanctionne également *le fait pour une personne de participer sciemment à un groupement, même formé de façon temporaire, en vue de la préparation, caractérisée par un ou plusieurs faits matériels, de violences volontaires contre les personnes ou de destructions ou dégradations de biens.* Et dans ce cas les peines maximales sont d'un an d'emprisonnement et de quinze mille euros d'amende. Le type fait une pause. L'Ours pense qu'il va lever les yeux, mais non, il prend une feuille, la lui tend, lui dit de signer et l'informe que puisqu'il est mineur et qu'il n'a jamais commis d'infraction jusqu'à ce jour, aucune de ces charges ne sera retenue contre lui, il est libre de partir, il en est quitte de ce simple rappel à la loi.

Sans un mot, l'Ours signe, une policière lui demande de la suivre, on va lui rendre ses affaires et il pourra rentrer chez lui.

L'Ours est debout, dans sa tête il a maintenant le rythme. Il sait qu'aussitôt chez lui il enregistrera un nouveau morceau, il espère que Suricate sera disponible pour slamer sur la musique. Au flic qui lui rend son portable en lui disant qu'il ne veut jamais le revoir ici, il répond :

– Il faut que j'aille enterrer mon frère que ces hommes ont découvert.

SURICATE

Il a beau claquer des doigts près de ses oreilles, Suricate n'entend rien de ce que dit ou fait le médecin. Le silence assourdissant s'est transformé en sifflement qui vrille et vrille encore. À plusieurs reprises, les flics sont entrés dans la cellule, ils ont parlé, Suricate a répondu qu'il n'entendait rien. Pas besoin d'avoir l'ouïe fine pour comprendre que les flics ne le croyaient pas. Puis un autre type s'est pointé, blouse blanche, cravate en dessous, pantalon velours et chaussures pointues. Peu à peu, les choses semblent évoluer. Le type l'examine, lui montre un instrument dont Suricate ignore le nom mais dont il connaît l'usage : une lampe avec une sorte de loupe servant à examiner l'intérieur de l'oreille. Ensuite, ça va vite, le médecin se relève, parle à un policier. C'est comme un film muet, un truc datant de la préhistoire, où les gestes sont saccadés. Ne manquent que les cartons où quelques mots sont écrits pour aider les spectateurs à ne pas perdre le fil du récit. Suricate en a vu quelques-uns, de ces films, au collège, avec un prof d'arts plastiques.

Générique et fondu sur un plan large : le médecin parle au flic qu'il faudrait imaginer gros avec une énorme moustache.

Carton n° 1 : Qu'avez-vous fait à ce garçon ?

Gros plan sur le visage bouffi du flic.

Carton n° 2 : Ha ha ha !

Le médecin s'énerve, pointe un index accusateur. Plus besoin de carton, le spectateur devine que le médecin va gagner.

Fondu au noir.

Extérieur jour. Scène où l'on voit une ambulance filer à toute vitesse dans les rues de la ville.

Intérieur jour : Suricate est sur un brancard, une jeune et jolie infirmière s'approche de lui, lui parle. Il ne comprend rien mais il sait que ses paroles sont bienveillantes.

Un homme, très jeune lui aussi, arrive, il a un crayon et un bloc-notes à la main, il écrit et montre les pages au Suricate.

Carton n° 3 : Tu es blessé, tes deux tympans ont été crevés. Nous allons devoir t'examiner.

Gros plan sur le visage du Suricate.

Carton n° 4 : Nous avons besoin du numéro de téléphone de tes parents.

Gros plan sur la main du Suricate qui inscrit un numéro en essayant de ne pas trop trembler.

Carton n° 5 : Tu as des questions ?

Même plan que le précédent.

Carton n° 6, de sa main, Suricate a écrit : Je vais devenir sourd ?

La jeune et jolie infirmière rit, elle prend le carnet des mains du docteur ou de l'interne, et elle écrit.

Carton n° 7 : Ne t'inquiète pas, tu es entre de bonnes mains. Le médecin t'examine, on te garde une petite heure en observation et tu peux rentrer chez toi.

Suricate ouvre de grands yeux où se lit une question angoissée.

Carton n° 8 : On veut juste s'assurer que tout va bien. Les tympans cicatrisent au bout de six semaines.

L'infirmière écrit à nouveau, sans cesser de sourire.

Carton n° 9 : Il faut juste éviter une infection. Tes tympans vont guérir et tu entendras de nouveau.

Ensuite, l'image saute un peu. Il y a ce geste de l'infirmière : elle caresse la joue du Suricate qui rougirait s'il le pouvait, puis il est conduit de couloir en couloir dans une salle, il attend, il ferme les yeux et c'est fondu au noir, il s'est endormi, ses nerfs ont lâché d'un coup. Quelque chose le réveille, il ouvre les yeux, sa mère est là, penchée vers lui, un sourire de douleur et de bienveillance sur le visage. Un médecin plus âgé parle avec son père, à deux mètres.

Carton n° 10 : Tout va bien. Les déchirures sont peu profondes. Les membranes vont se reformer toutes seules. Attention aux bruits. Et surtout, interdiction d'approcher l'eau.

La caméra tressaute, le film risque de casser, couloirs, du blanc, des néons dans les yeux, le médecin lui parle en silence trop vite pour que l'infirmière puisse tout noter. Son père s'approche, il porte l'inquiétude et la colère à parts égales sur son visage. Il dit une chose que Suricate n'entend pas, sa mère écarte son père, elle glisse furtivement une main contre sa joue.

Carton n° 11 : On se reverra dans un mois pour une visite de contrôle.

JÉSUS

À peine le type a-t-il ouvert la bouche que Jésus lui demande s'il est magistrat. L'homme a un mouvement de recul, répond oui sur la défensive.

– Vous êtes juge alors ?

L'homme se crispe, est bien obligé de répondre que non, il est délégué du procureur.

– Ces derniers temps, ajoute-t-il, il y a tellement d'arrestations que les magistrats ont d'autres choses à faire.

Jésus sourit, explique qu'il aime bien la précision. Les deux policiers qui l'ont conduit jusqu'à ce bureau lui ont raconté qu'il allait voir le juge. C'est important de savoir à qui on parle. Lui, par exemple, il aimerait bien que l'on révise son procès-verbal. Un policier a inscrit qu'il était brocanteur, et c'est faux : il est décorateur d'intérieur. La bouche du délégué du procureur se referme, il ne sait pas si Jésus se fout de lui ou si le géant barbu à la propreté douteuse assis en face de lui est doucement frappé.

– J'imagine que vous n'avez rien contre moi. Vous allez me faire un rappel à la loi, m'expliquer que j'ai enfreint l'article 222-14-2 du code pénal, celui sur les manifestations non autorisées, alors je vous répondrai que je me rendais à l'enterrement d'un jeune homme et que l'action imbécile de la police a mis le feu aux poudres.

Le délégué n'en a pas placé une, il attend, il est fatigué, on lui envoie des types à la chaîne pour qu'il les menace et qu'il leur fasse peur avant de les libérer ; certains ont passé la journée en garde à vue, ils ont du sang collé sur le visage et les mains, ils puent. Les fenêtres de son bureau ne s'ouvrent pas, il ne peut pas aérer, il sent une vague nausée retourner son estomac, peut-être couve-t-il un microbe, une gastro, il aimerait être ailleurs, et le clochard assis en face de lui récite les textes de loi comme s'il était un juriste professionnel.

– Allez, conclut Jésus, faites-moi signer ce papier que l'on en finisse. Nous perdons notre temps, vous comme moi.

Une seconde, le délégué du procureur imagine qu'il pourrait balancer ce type au trou, porter plainte contre lui pour outrage, ce serait sans doute jouable, les deux policiers présents dans le bureau témoigneraient forcément en sa faveur, puis il réalise ce que cela demanderait comme paperasserie, il faudrait faire une déposition, enregistrer les témoins. Il a encore une trentaine de personnes à voir, il y passerait la nuit. Il aimerait bien casser ce clochard arrogant en deux, mais il est trop fatigué.

– Signez là, dit-il, et faites attention. Je ne vous oublierai pas.

Lentement, Jésus prend le temps de relire le procès-verbal, puis il signe.

– Moi non plus je ne vous oublierai pas, dit-il en sortant.

Dans le couloir où les deux flics l'escortent vers la sortie, il chantonne. Entre ses doigts se trouve toujours le stylo-plume du délégué. Un stylo de collection, sans doute un cadeau de son épouse pour un anniversaire, le genre de stylo qui coûte un petit paquet. Jésus n'a pas tout à fait perdu sa journée.

SHIRO

La colère est un poison violent, une fois qu'il est injecté dans l'organisme, il le contamine peu à peu. Libre, Shiro s'en retourne au café-atelier de Jésus. Il est chargé comme une pile électrique. Les lacrymos, la cohue, l'arrestation, les blagues grasses des flics, il a encaissé sans rien dire. Il réentend un flic au regard mauvais lui demander s'il est un garçon ou une fille, avant de le menacer de baisser son pantalon, là, dans le hall du commissariat s'il ne répond pas. Il réentend les surnoms employés par les collègues du flic : *Peter Pan, Princesse.* Puis les insultes : *Chouchou, Tapette.* Tous ces types tellement sûrs d'eux, absolument certains qu'être des hommes les place au-dessus des autres. Toute sa vie, Shiro n'a fait que louvoyer entre les obstacles que les types de ce genre posaient sur sa route. À commencer par son propre père. Un mec, un vrai, ne s'habille pas avec des couleurs vives, il ne s'épile pas, il n'a pas le droit de porter des vêtements trop collants, d'avoir une voix trop fine, de se maquiller, de dessiner ses sourcils.

En remontant la rue qui mène à l'ancien café où Jésus entrepose les choses déglinguées cueillies dans les rues, Shiro a envie de hurler, de donner des coups de pied et de poing, de se faire du mal. Depuis qu'il a décidé d'être lui-même, sa présence suscite moqueries ou violences. C'est incroyable tout de même, il n'agit pas contre les autres, il agit pour lui. C'est comme si les hommes se sentaient menacés, comme si en reniant certains aspects de la masculinité il les insultait.

Dans son dos, une voiture klaxonne, Shiro marche au milieu de la chaussée, il ne se déporte pas, le moteur ronfle brusquement, il fait un bond sur le trottoir pour éviter d'être percuté, la voiture passe à dix centimètres de lui, le conducteur klaxonne à nouveau, Shiro lui tend son doigt, le type dont la fenêtre est ouverte hurle *pédé* et accélère.

Enfin, Shiro arrive au QG, il soulève le rideau métallique sur quarante centimètres, se faufile dessous, le referme. Pourquoi les gens essaient-ils à tout prix de lui faire payer d'être celui qu'il est ? Pourquoi les gens ont-ils de la bouillie à la place de la cervelle ?

Lentement, Shiro s'adosse contre un mur, se laisse glisser au sol, enveloppe ses genoux dans ses bras. Et contre toute attente, il ne pleure pas. La colère est encore trop forte.

ELLIE

Un instant, Ellie hésite, elle a besoin de savoir, elle a montré son téléphone éteint ; la fille, l'Italienne, a fini par comprendre et lui a prêté un chargeur. Il faut attendre une petite minute pour rallumer l'appareil, la batterie est vraiment à plat. Ellie ôte la coque arrière, la carte SIM est là, hors de son logement, elle l'avait retirée parce qu'elle avait vu à la télé des histoires de gens traqués et géolocalisés même avec un téléphone en mode avion. Elle hésite l'espace d'une seconde, puis elle glisse la minuscule puce dans l'encoche prévue. L'appareil vibre alors, une bonne trentaine de fois.

Elle regarde : messages vocaux et SMS. Liam n'a plus tenté de la joindre, deux numéros inconnus, un appel d'une amie. Les autres appels sont de son père. La dernière fois qu'elle avait regardé l'historique, dans le train, il avait cherché deux fois à la joindre. Ce sont plus de vingt messages de lui qui attendent. La main d'Ellie tremble, elle n'a pas le courage d'écouter cette voix qu'elle suppose en colère, elle ouvre la galerie photo, cherche la capture d'écran qu'elle avait trouvée au cimetière après s'être endormie, celle du contenu d'un paquetage militaire des forces impériales australiennes lors de la Première Guerre mondiale, elle compare avec les notes trouvées sur le bureau. Elle active les données mobiles, tant pis, elle doit savoir, elle prend des risques, si quelqu'un la cherche réellement, il saura où elle se trouve. Elle fait une recherche sur le nom écrit au-dessus, Gallipoli, lit qu'il s'agit d'une péninsule turque où s'est déroulée une bataille sanglante durant la Première Guerre mondiale, opposant les troupes ottomanes aux soldats français et britanniques. Elle ajoute l'entrée Australie et voit que des soldats australiens ont combattu au côté des Anglais. Ellie voudrait comprendre : sa présence ici, ses rêves, elle a l'impression d'avoir entre les mains les pièces détachées d'une chose dont elle ignore la forme définitive. Elle ne sait pas comment les assembler.

C'est au moment où elle s'approche du pêle-mêle pour photographier la photo de cette femme qui ressemble tant à sa mère qu'une main lui arrache le téléphone des mains. L'Italienne est à deux centimètres de son visage, et crie quelque chose qu'Ellie saisit petit à petit, un mot surtout, *spia*, si proche de l'anglais *spy*, « espionne ».

LOTTA

– Espèce d'espionne, qui t'envoie, hein ? Qui t'envoie ?

Lotta jette le téléphone de l'Anglaise au sol, elle s'était absentée une minute pour discuter avec Domenico, quand elle est revenue, elle a vu l'Anglaise photographier des documents sur le bureau de Vincenzo, elle n'en croyait pas ses yeux. Cette fille est envoyée par la police pour mettre Nico en prison, elle en est certaine, elle est la fille de sa mère, elle sait qu'un bon flic en civil est indétectable, elle est juste sidérée qu'en haut lieu on déploie autant d'efforts pour arrêter Domenico, il n'a tué personne, il a commis un acte symbolique : l'usine de feux d'artifice d'un facho, c'est presque drôle. Elle ne sait pas si en Italie la presse en parle encore, elle ne sait pas si l'affaire fait la une des journaux. Dans son dos, Domenico demande ce qui se passe.

– Il se passe que ta demoiselle est en train de photographier tout l'appartement de Vincenzo et qu'elle envoie ses trouvailles à quelqu'un. Il se passe qu'elle se fout de nous.

Sa voix vibre de colère, elle a envie de se jeter sur l'Anglaise, de lui planter ses ongles dans les yeux, elle a envie d'être seule avec Nico, de se sentir en sécurité, elle a envie de pleurer mais pour rien au monde elle ne montrera ses faiblesses.

DOMENICO

C'est absurde, totalement absurde, Domenico tente de calmer Lotta, il ne l'a jamais vue comme ça : furieuse, lionne. Cette fille, l'Anglaise, il l'a ramassée blessée dans la rue, elle n'a pas dix-huit ans, elle ne peut pas être une espionne. Ce n'est pas possible.

Très lentement, Domenico glisse une main sur l'épaule de Lotta qui se dégage d'un bond.

– Regarde-la, il insiste, elle est paumée, elle ne comprend pas un mot de ce que l'on raconte, je ne sais pas ce qu'elle fait là, c'est peut-être la correspondante anglaise de quelqu'un de la cité, elle s'est trouvée coincée en pleine manif.

Domenico avance d'un pas vers Lotta, il fait mine de lui masser les trapèzes, elle est tendue comme un ressort. Ils sont fatigués, ils ont vécu tellement de choses en si peu de temps : la fuite, le bateau, la rencontre avec Vincenzo, et bien d'autres choses aussi dont ils gardent le goût sur leurs lèvres, des choses qui ont fait chavirer leurs corps.

Tous deux sont deux billes lancées à toute vitesse, sur une trajectoire qui descend, descend, descend encore et leur interdit de s'arrêter.

Nico éclate de rire, de son beau rire lumineux. Il sent Lotta hésiter.

– Apprends que c'est le manque de souplesse, le plus souvent, qui nous fait trébucher, dit-il.

Et Lotta reconnaît la citation – le théâtre, encore, toujours. Elle n'a pas le temps de répondre, au sol le téléphone de l'Anglaise sonne, sur l'écran s'affiche un nom : DAD.

VINCENT

Dans la rue, Vincent déchire la feuille remise par le juge. Lui n'a pas eu droit qu'à un rappel à l'ordre. Ancien activiste italien, amnistié, les flics étaient les premiers étonnés d'une telle prise. Il va devoir repasser devant un tribunal, il sera convoqué ultérieurement. Il sifflote : il verra ça plus tard. Sur le trottoir, les gens s'écartent, le sang a séché sur son visage, il ne s'est pas lavé, exprès. Ces brutes ne savent pas taper, ils cognent au hasard, ils n'ont pas la moindre idée des endroits où ça fait vraiment mal ; ils voient des manifestants, ils frappent, ils ne savent rien des nerfs, des points sensibles, des réseaux d'énergie qui traversent et animent un corps. Vincent s'en tirera avec quelques bleus, il se rend chez un ami médecin prévenu par SMS pour avoir un certificat médical dans sa poche le jour où il retournera devant un juge. Il n'a pas mal mais il est couvert d'hématomes, et ces abrutis lui ont fendu une arcade sourcilière, son état est très spectaculaire, cela jouera en sa faveur.

Il faut qu'il se presse, il espère que les petits n'auront pas commis l'imprudence de sortir. Il a pas mal de choses à leur expliquer.

Dans le bus, après son rendez-vous médical, il n'est pas

mécontent : il a son certificat ainsi qu'une ITT – incapacité totale de travail – de huit jours. Le médecin n'y est pas allé de main morte. C'est lui maintenant qui pourrait attaquer la police en justice. Tandis qu'il roule vers les Lendemains, Vincenzo navigue sur les réseaux sociaux. En chargeant, les CRS ont mis un sacré oaï, plusieurs journalistes racontent que la police s'est trompée de cortège dans la confusion : ils ont embarqué les amis du môme tué l'autre jour, alors forcément la situation est passée d'explosive à ingérable. On attend un communiqué du ministre. Le président va peut-être même devoir parler à la presse. Cerise sur le gâteau, Mediapart affirme que le garçon qui se fait appeler l'Ours, celui dont la musique est devenue l'hymne de la révolte et de l'injustice, a lui aussi été embarqué par les flics.

Vincenzo peine à réprimer un sourire, dans ce désordre les flics ne pouvaient pas faire pire. Ils ont voulu casser une révolte, ils viennent de donner naissance à une révolution.

L'OURS ne peut pas sortir de chez lui. L'OURS doit sortir de chez lui. Il ne peut pas sortir. Il doit sortir. C'est comme un cri.

Un cri, SURICATE aimerait en entendre un. Ça va revenir, ils ont dit à l'hôpital. Ça finit par revenir. Ils ont dit à l'hôpital que ça arrive des fois, que ça arrive avec le goût, avec l'odorat, avec l'ouïe. On perd la sensation, et puis on la retrouve. Pas toujours, ils ont dit, mais souvent. Vous dites ça pour me rassurer ? a demandé SURICATE pas du tout rassuré. Et la médecin, habituée depuis longtemps à ne pas émettre un avis définitif, à éviter de répondre oui ou non, a dit :

– Nos sens nous échappent.

L'OURS voudrait écrire un morceau sur lequel c'est SURICATE qui poserait la voix. Un morceau que même un sourd entendrait. Un morceau que même L'OPOSSUM entendrait. Une musique à réveiller les morts. C'est absurde, lui dirait-on, mais il n'y a personne pour le lui dire à ce moment-là. Et l'idée lui paraît tout le contraire d'absurde : nécessaire. Il commence par fouiller frénétiquement dans ses caisses de vinyle. Il va trouver quelque chose. Un bout de mélodie à sampler. Il s'en remet au hasard. À la chance. Il fait défiler à grande vitesse les pochettes entre ses doigts. Dès qu'un titre l'interpelle, il met le disque de côté. En quelques minutes à peine, il en a sélectionné une douzaine.

Louis Aguilar, *When I'm Gone*
Macedonio Alcalá, *Dios nunca muere*
Atmosphere, *We Ain't Gonna Die Today*
Blick Bassy, *Aké*
Christophe, *Goodbye je reviendrai*
Lutan Fyah, *Let Me Be*
Gasoline, *Dead End*
Massimo Volume, *Le nostre ore contate*
Rachid Taha, *Ya Rayah*
Tinariwen, *Tamatant Tilay*
Otis Taylor, *Resurrection Blues*
Patrick Watson, *Je te laisserai des mots*

Il met les disques sur la platine, et quand une séquence lui plaît, il cherche le morceau sur Spotify, il extrait le sample, le duplique, cherche une rythmique, la pose. Ça se construit comme ça, une chanson. On fait de la maçonnerie. Une fois que les drums sont posés sur le sample, on peut commencer à travailler vraiment. Mettre une nappe d'accords sur le fond. Maintenant il sait où il va, avec ce morceau. Il veut quelque chose de doux et affirmé en même temps. Tendre et brûlant. Et il va composer en 8D. Quand on l'écoute au casque, la musique en 8D ne reste pas dans l'oreille. Elle entre dans le crâne. Elle le traverse, dans un sens et puis dans l'autre, elle navigue à l'intérieur. De sorte qu'on a presque la sensation de pouvoir la suivre dans sa trajectoire, comme si elle laissait un sillon derrière elle.

Un sillon, se dit L'OURS. Un sillon. Qu'il creuse à présent.

Il se souvient du dernier film qu'il a vu avec L'OPOSSUM et SURICATE. Le Bon, la Brute et le Truand. Il ne se souvient plus de l'histoire du film, qu'il avait regardé d'un œil sur l'écran de la tablette qu'ils se partageaient tous les trois. Il se rappelle que ça lui avait plu. Il se rappelle qu'ils s'étaient disputés en riant pour se distribuer les rôles. Au début, aucun des trois ne voulait être le Bon. L'OPOSSUM avait fini par céder, en disant qu'ils le regretteraient. L'OURS se rappelle aussi la dernière scène du film, dans le cimetière. Il cherche sur YouTube, et il la retrouve. Quand le Bon affirme qu'il y a dans le monde deux genres de personnes.

See in this world there's two kinds of people my friend: those with loaded guns and those who dig. You dig.

Il repique la phrase et la pose en intro du morceau. Il prend le casque, le met sur ses oreilles. Et c'est –

C'est –

Il cherche le mot, mais le mot ne lui vient pas. Ce qui lui vient, ce sont des larmes, au bas des yeux. Elles ne coulent pas, les ours ne pleurent pas, elles ont pourtant un goût de sel? Il s'y mêle de la tristesse, de la rage et de la fierté.

Le plus souvent quand il compose, L'OURS le fait seul. Il développe le morceau jusqu'à ce qu'il n'y ait plus que la voix à poser dessus. Il préfère en général faire ainsi. S'il prend d'autres avis trop tôt, il se met à douter. Les uns pensent qu'il faudrait peut-être un peu plus de ci, les autres un peu moins de ça, et ceux qui trouvent ça très bien tout de suite, ils ne l'aident pas non plus. Mais cette fois, c'est différent. Cette fois, il doit aller voir SURICATE. Il doit lui faire écouter. Maintenant.

Il met le morceau sur une clé, il embarque son casque, et envoie un message au SURICATE qui dit:

J'ai besoin de toi. J'arrive.

L'OURS tend le casque au SURICATE, qui s'en saisit avec envie et crainte.

– Tu es sûr ? demande SURICATE, d'une voix mal réglée.

L'OURS fait oui de la tête.

SURICATE met le casque sur les oreilles. L'OURS lance le morceau. SURICATE le regarde sans comprendre : est-ce qu'il est censé entendre quelque chose ? L'OURS monte le volume, encore et encore. À travers le casque, il entend lui-même la rythmique et les basses, mais SURICATE ne réagit toujours pas.

– Je te jure, dit L'OURS, tu vas finir par l'entendre.

De la main, il indique le rythme au SURICATE. Celui-ci prend sa petite caméra et filme quelques secondes la main de L'OURS qui marque toujours le rythme.

SURICATE pose ensuite la caméra sur un coin de la table, règle l'angle de vue, prend une feuille de papier, et griffonne : Il faut que j'aille enterrer mon frère. Il tend le stylo à L'OURS qui écrit en dessous : You dig.

SURICATE allume son téléphone portable. Il fait défiler les photos de son album, jusqu'à trouver une série sur lesquelles on voit L'OPOSSUM. On ne le voit jamais seul, pourtant : ils sont toujours une bande. SURICATE filme la photo qu'il préfère pendant quelques secondes, jusqu'à ce que l'écran s'éteigne de lui-même.

Quelque chose est en train de se préciser dans l'esprit du SURICATE et de L'OURS. Ils vont aller sur les traces de L'OPOSSUM. Où qu'elles soient, ces traces. Chez eux. Chez lui. Ou dans la ville. Ils vont le retrouver. Retrouver son esprit, The Soul of an Opossum. Ils vont lui tisser une couverture, d'images et de musique, ils vont le couvrir d'un linceul.

L'OURS enregistrera des sons. Cris au pied des immeubles. Poubelles ouvertes et fermées. Roulette d'un briquet défectueux. Rafale de pétards allumés par des gamins. Crissements de pneus. Checks de mains qui claquent aux abords des commerces. Rires carnassiers. Rideau de fer qui grince. Tricks de skate au skatepark. La ville est pleine de percussions – il faut – il faut que – il faut que j'aille – la ville est pleine de collisions.

L'OURS et SURICATE marchent à grands pas vers leur Phrase des Lendemains, ils courent presque ; L'OURS enregistre le bruit de leurs pas, le souffle haletant, le froissement du tissu, et SURICATE filme au hasard, genre caméra à l'épaule, des bouts d'images qui ne se fixent pas. Quand soudain, ils percutent quelqu'un ou quelque chose, trébuchent, tombent à terre.

Au-dessus d'eux, il y a une ombre grave et une voix ample comme celle d'un arbre.

– Ça va ? Les jeunes, ça va ?

SURICATE se tient le coude. Dans son réflexe pour protéger la caméra, il s'est écorché contre le bitume. L'OURS relève la tête : cette voix, il la connaît. Ce grand type à la barbe moussue, flanqué du petit moineau.

– Allez, levez-vous les gars, dit JÉSUS en tendant un bras à chacun. Qu'est-ce que vous faites là ?

SURICATE cadre des images de SHIRO et de JÉSUS. La caméra est sauvée.

– On cherche notre frère, répond L'OURS. Et vous ?

– On cherche notre sœur, réplique SHIRO.

Puis il raconte l'histoire d'Ellie, la fille en fugue rencontrée à la gare et recueillie dans leur squat, qui participait avec eux à la marche au moment où tout a dégénéré, quand ils ont été séparés dans la bousculade et qu'ils ont perdu sa trace. Elle avait un téléphone mais ils n'ont pas son numéro. Et quant à s'adresser à la police pour la retrouver… autant éviter, là, non ? C'est pour cela qu'ils sont aux Lendemains, pour la retrouver.

– Mais c'est si vaste, soupire SHIRO. On cherche tout, n'importe quoi, le moindre indice.

Au même moment, la porte de l'immeuble s'ouvre. Trois silhouettes furtives en sortent.

Une fille, un garçon et ELLIE.

À part la lente avancée d'un ferry, au large, aucune activité humaine n'est visible, la lumière vive oblige à plisser les yeux, un léger vent du sud transporte le sel de la mer. Huit silhouettes se découpent dans la lumière caniculaire de l'été. Le trajet en bus était tendu, il n'y a qu'une fois arrivé au terminus de la Madrague que chacun a commencé à se détendre. Le roc blanc au-dessus des calanques réverbère l'infini bleuté du ciel. En semaine, hors des terrasses et des restaurants, c'est un vrai désert ici, un désert minéral face à l'immensité de la Méditerranée. **VINCENT** s'approche d'une faille qui se précipite vers la mer, il ne cesse de sourire, il fait signe de la main à toute la troupe, s'assoit, attend que – bon gré, mal gré – chacun l'imite. La mer, en bas, quasiment immobile, parfois une vague frappe un peu plus fort le pied des rochers, mais le son monte à peine jusqu'à eux. À une cinquantaine de mètres, un pêcheur immobile veille sur plusieurs lignes qui dérivent mollement. La conversation qui avait eu du mal à se nouer aux Lendemains est au point mort. **L'OURS** regarde on ne sait quoi au loin, **SURICATE** ne quitte pas des yeux la caméra éteinte qu'il tourne et retourne entre ses mains. **DOMENICO** attend que **VINCENT** reprenne la parole, **ELLIE** semble totalement absente, **LOTTA** la surveille en douce tout en glissant du visage de **VINCENT** à celui de **NICO**. **JÉSUS** aussi semble attendre, il est le seul à ne pas s'être assis, il a levé son visage vers le ciel, fermé les yeux et s'est tourné face au soleil, gigantesque tournesol hirsute se gorgeant de l'énergie de la lumière. Seul **SHIRO** s'agite, il fouille dans son sac, en sort une fiole de dissolvant, peste à mi-voix contre les flics, la garde à vue, les cons du monde entier qui se sont ligués pour rayer son vernis. Avec un coton imbibé, il nettoie ses ongles avant d'entreprendre de les revernir.

– Noir pour la main droite, celle du monde, et rose pour la gauche, celle du cœur, murmure **SHIRO**.

Qui relève les yeux et constate que tous ont détourné le regard de la mer, du soleil, du ferry au loin, des mouettes ou du paysage pour l'observer.

– S'ils m'arrêtent à nouveau, au moins je serai impeccable. Je ne supporte pas l'idée de retourner négligé en garde à vue.

JÉSUS éclate de rire, **SURICATE** n'a rien entendu, **ELLIE**, **LOTTA** et **DOMENICO** n'ont rien compris, **L'OURS** se demande visiblement ce qu'il fait là et **VINCENT** en profite pour prendre la parole. Il cherche ses mots, lentement d'abord, il s'interrompt souvent pour traduire son discours en italien et en anglais, passe avec aisance d'une langue à l'autre, il s'est donné pour mission d'être le trait d'union entre eux tous.

Jamais à court d'idées pour s'inventer des malédictions, l'humanité a imaginé que la diversité des langues était un châtiment divin. Si l'on en croit la légende de la tour de Babel, les hommes et femmes parlent des milliers de langages différents afin que jamais ils ne s'entendent ni ne se comprennent. Comme si les prétextes aux malentendus n'étaient pas suffisants entre locuteurs d'une même langue. **VINCENT** fait de son mieux pour être compris par tous, il n'aime pas le fatalisme des légendes, il ne tient qu'à chacun de refuser d'être maudit. De temps en temps, L'OURS note une phrase sur un carnet qu'il fait lire au SURICATE.

D'abord, VINCENT les remercie de leur confiance, c'était important qu'ils puissent se parler, au calme, il craignait les oreilles indiscrètes, avec ce qui s'est produit aux Lendemains, il vaut mieux être prudent, les flics sont sur les dents, certaines personnes sont agacées par la situation. L'OURS lève les épaules avec ironie.

– Vous avez peur de qui ? Vous croyez que la police a des espions partout ?

– Oh oui, répond JÉSUS. La police a des espions, des gens qui aiment bien dire qui traîne avec qui, qui deale à qui. Tu nous as vus, franchement ? Des mômes paumés qui ne parlent pas un mot de français, les deux meilleurs amis de la victime devenus les porte-parole involontaires de la contestation, un clodo, un elfe, et un type avec la chemise en sang. Je nous vois de ma fenêtre, j'appelle directement la police, l'armée et les services secrets.

L'OURS fait un geste vague. Il se relève, tourne le dos, mais ne s'éloigne pas, il écoute la suite.

– Et le type qui a du sang sur la chemise est fiché par les flics, si vous voulez savoir, ajoute VINCENT. Tout comme le garçon, là, est recherché par la police italienne. En plus, nous avons deux fugueuses.

– Trois, ajoute SHIRO sans relever les yeux de ses ongles qu'il continue de vernir soigneusement, je suis en fugue moi aussi.

– Quant à toi, ajoute VINCENT en s'adressant au dos de L'OURS, je ne veux pas t'inquiéter mais ton talent a sans doute attiré l'attention. Je suis certain que tu as des auditeurs attentifs à ta musique dans les services de la préfecture.

– Alors ? répond **L'OURS** sans se retourner. On fait quoi ici ?

VINCENT prend une grande respiration, il sourit, le pansement sur son arcade sourcilière tire un peu.

– On réfléchit, on cherche, on tente une chose : jouer collectif, parce que si l'on continue chacun pour soi, on va droit vers la défaite.

– Vous vous croyez à un match ?

La voix de **L'OURS** est neutre, la colère reflue, il se voudrait ironique mais il n'y parvient plus. Ce type, là, il a peut-être raison. Et puis il l'a vu à l'œuvre : précis, froid, détaché. Pas le genre à se laisser gagner par la panique ou l'émotion. Les beaux discours c'est une chose, on peut leurrer, se vanter, mais la façon dont on agit ne ment pas.

– Je peux difficilement continuer de loger **DOMENICO** et **LOTTA** maintenant que la police s'est souvenue de mon existence.

Passe une mouette, au loin un motard fait ronfler une grosse cylindrée sur les virages du littoral.

– Le logement, ce n'est pas un problème, répond **JÉSUS** au bout d'un très long moment.

Puis, dans un italien plutôt solide il demande brusquement à **DOMENICO** pourquoi la police le cherche. **NICO** comme **LOTTA** ouvrent de grands yeux surpris : décidément la malédiction des langues n'a pas frappé tout le monde. C'est **LOTTA** qui répond, la voix vibrante de fierté, elle explique l'usine de feux d'artifice, les fachos, la cavale. **VINCENT** traduit en anglais et français. Le visage de **JÉSUS** s'éclaire d'un grand sourire, L'OURS se retourne pour mieux dévisager ce type qui fout le feu dans les entreprises des patrons d'extrême droite, il écrit un petit mot au SURICATE qui regarde bouger les lèvres sans rien comprendre, il lit, siffle d'admiration et dessine dans l'air un check en direction de NICO.

– Bon, résume sobrement JÉSUS, cette affaire reste locale, pas de raison que la police italienne te traque jusqu'ici.

C'est à ce moment que DOMENICO ouvre la bouche pour préciser un détail dont il n'a pas été fait mention jusqu'à présent. LOTTA, son amie, son amoureuse, sa chérie, elle est la fille d'une commissaire de police.

Là, JÉSUS éclate de rire, c'est le tour de SHIRO de siffler d'admiration, VINCENT pousse un chapelet d'obscurs jurons italiens et il n'y a pas besoin de traduction pour savoir qu'il y est question de la Vierge Marie et de sa virginité.

Personne n'a pris la peine de traduire l'intervention de LOTTA à ELLIE, elle en a marre de ces histoires auxquelles elle ne comprend rien, elle n'a qu'une idée en tête, qu'une question, et elle a besoin de savoir, maintenant. Alors elle demande à VINCENT comment il connaît sa mère, et SHIRO pousse un grand *merde* sonore, la surprise lui a fait renverser son vernis à ongles, une tache en forme de fleur rose s'imprime sur le rocher.

Quand il a fini de lire l'article, tous se taisent et **VINCENT** éteint son téléphone portable puis le glisse dans sa poche. L'éditorialiste du *Monde* fait le lien entre une vague de sabotages visant les extrêmes droites de l'Europe entière et ce qui, par les autorités, est qualifié d'émeute aux Lendemains et qui s'avère surtout être une grave bavure de la police. Les manifestations spontanées et les actions sporadiques contre des responsables des partis d'extrême droite ou contre leurs biens ont un point commun : il semblerait que dans la majorité des cas des mineurs soient impliqués. Selon l'éditorialiste, ce qui se déroule un peu partout en Europe pourrait être l'amorce d'un mouvement radicalement nouveau. Les adolescents que l'on dit peu impliqués et peu politisés passent à l'action. Ce vaste mouvement est sans leader, sans coordination, sans mot d'ordre et – surtout – sans réseau, il est alors d'autant plus difficile à cerner ou à surveiller. La jeunesse est peut-être en train d'accomplir ce que les partis politiques et les syndicats traditionnels n'arrivent plus à faire : fédérer. Et l'éditorialiste conclut en parlant de la musique de **L'OURS** qui est en passe de devenir l'hymne de la révolte et de la contestation adolescentes.

Au loin, dans la lumière de plus en plus rasante, des yachts et des voiliers rentrent au port. **SURICATE** pense un instant que les gens qui sont à bord vivent dans un autre monde, une dimension parallèle à la sienne, qui jamais ne croisera sa vie.

ELLIE est debout, elle n'a pas écouté la lecture de l'article, elle tourne en boucle dans sa tête sa conversation avec **VINCENT**. Elle regarde la mer, les rochers sous ses pieds, le ciel, et tout lui paraît être un décor, une fiction. Depuis qu'elle est montée dans un train, elle a l'impression d'avoir perdu la maîtrise de sa vie, c'est comme si tout était écrit, pensé, organisé. Mais par qui ? Elle croyait être venue à Marseille par hasard, à cause d'un malentendu au guichet d'une gare. Maintenant qu'elle y repense, elle a envie d'éclater de rire ou de fondre en larmes. Elle croyait avoir dit *mother* et le guichetier lui avait vendu un billet pour *Marseille*. Mais comment a-t-elle pu se mentir autant ? Une immense boule d'émotion obstrue sa gorge. Le roc des calanques pourrait s'effriter sous ses pieds, ça ne la surprendrait plus. Il y a d'abord eu la conversation avec son père au téléphone puis celle avec ce **VINCENT**, avant qu'il se décide à lire les nouvelles à tout le groupe. Maintenant, trop c'est trop, elle avance, marche, parle, agit comme si elle était isolée des autres par une cloison de coton ; l'impression n'est pas désagréable, elle flotte, doucement, mollement, ballottée par les sentiments contradictoires qui l'assaillent. Est-il possible de subir un trop-plein d'émotion, comme un court-circuit ? Sans doute. La toute première parole de son père au bout du fil avait été un juron, pas une agression ou un reproche, juste un juron adressé au ciel, au hasard, à la vie, un juron de soulagement, un juron de joie, il avait ensuite parlé, parlé si vite, si longtemps qu'elle n'arrivait pas à placer un mot, il avait dit son inquiétude, sa douleur, son bonheur de la savoir en vie. Lui, si peu bavard d'habitude, taiseux, ne lâchant que de rares phrases compactes, il n'en finissait plus de parler, de remercier les puissances invisibles du fait que sa fille soit vivante, sa voix vibrait. À un moment, **ELLIE** avait craint qu'il ne se mette à pleurer, elle n'a jamais imaginé la possibilité que des larmes coulent des yeux de son père. Il avait parlé, oui, sans la questionner, sans la brusquer. Lui posant une unique question : avait-elle écouté les messages vocaux qu'il lui avait laissés ? Et comme, surprise, elle avait répondu que non, il lui avait conseillé de les effacer : il s'était comporté comme un con, avait-il expliqué, lui demandant d'abord où elle était, lui ordonnant de rentrer, la menaçant ensuite, l'insultant une fois, avant que la colère ne s'épuise, puis il l'avait suppliée, et quand l'inquiétude elle-même s'était épuisée, il ne restait plus que l'amour.

À leur tour, les yeux **d'ELLIE** s'étaient embrumés. Elle s'attendait à se faire engueuler, elle ne s'attendait pas à ce que son père lui dise qu'il l'aimait. C'était toujours ainsi que les choses se passaient entre eux : dans la tension, dans l'évitement, dans la tristesse. L'un comme l'autre n'avaient pas appris à s'avouer leur attachement. Une fois son long discours décousu achevé, son père s'était tu, il lui avait laissé la liberté de s'expliquer par elle-même, liberté dont elle s'était peu emparée, trop désorientée par l'émotion ; elle s'était à peine exprimée, disant juste qu'elle allait bien, qu'elle avait eu besoin de partir, qu'elle n'avait pas pensé à grand-chose, qu'elle était en France. Et c'est là qu'elle avait reçu un choc comparable à celui encaissé lorsqu'elle avait trouvé la photo de sa mère dans les affaires de **VINCENT**.

– Tu es à Marseille, avait commenté son père, comme si c'était une évidence.

De temps en temps, **LOTTA** passait et repassait dans le salon, méfiante toujours, se demandant ce que l'Anglaise pouvait bien trouver à dire aussi longtemps au téléphone. C'est **LOTTA** pourtant qui avait décroché – le téléphone était dans ses mains lorsqu'il avait sonné et que le nom DAD s'était affiché sur l'écran – elle avait tendu l'appareil avec violence.

Quelques secondes, **ELLIE** s'était tue, elle entendait la respiration de son père dans l'écouteur, elle ne voulait pas lui demander comment il savait où elle se trouvait, elle aurait bien aimé enchaîner, dire quelque chose, mais aucune pensée ne se présentait à son esprit, aucun mot ne se formait dans sa bouche. Alors, son père avait pris une inspiration.

– C'est bien ça, tu es à Marseille. J'imagine que c'est normal et que c'est ma faute, tu as tant entendu parler de cette ville par ta mère quand tu étais toute petite. Je m'en veux, j'aurais dû t'expliquer toute cette histoire depuis longtemps, ne pas te laisser dans le flou. Mais j'ai rencontré Cheryl, j'avais besoin de penser à moi, et il y avait ses enfants qui étaient si jeunes, si remuants, j'avais le bar à vin à gérer, j'ai plusieurs fois voulu te reparler de ta mère, mais ce n'était jamais le bon moment. J'ai été lâche.

ELLIE l'écoutait à peine, les pièces du puzzle tournoyaient dans sa tête, sa mère avait quitté son père pour partir en Australie, alors que faisait-elle à Marseille ? **ELLIE** avait mille questions à poser, mais pas comme ça, pas en ce moment sous le regard méfiant de l'Italienne, pas dans cet appartement où elle croyait être arrivée par hasard. Elle avait promis qu'elle rentrerait bientôt, son père lui avait dit qu'il lui enverrait un billet et de l'argent dès qu'elle le souhaiterait. Je t'aime, avait-il dit avant de raccrocher, elle s'était entendue articuler qu'elle aussi, elle l'aimait. Il avait ajouté que Cheryl et ses frères et sœurs l'embrassaient. Demi-frères, demi-sœurs, avait-elle corrigé mentalement et, depuis, elle n'en finissait plus de flotter dans le coton.

Un yacht passe, et – malgré la distance – un déferlement de basses et de hurlements parvient jusqu'à eux tous. À bord, des gens dansent dans un vacarme assourdissant.

Tout à l'heure, **VINCENT** avait pris **ELLIE** à part, ils avaient marché un moment, puis il avait mis ses deux mains sur ses épaules, l'avait dévisagée un long moment et s'était exclamé qu'il devait vieillir pour que la ressemblance ne lui ait pas sauté aux yeux. Il avait souri, **VINCENT**, de son beau sourire d'Italien au visage lumineux malgré les contusions et les pansements.

– Comment j'ai fait pour ne pas voir à quel point tu ressembles à Margaret ? avait-il dit.

Et là, **ELLIE** s'était effondrée en larmes, c'était la première fois depuis des années qu'elle entendait prononcer le prénom de sa mère.

Dans le bus qui remonte vers le centre, huit personnes se taisent. **VINCENT** a passé un coup de fil avec le téléphone de **JÉSUS** et il a trouvé une planque pour la nuit, **ELLIE**, **LOTTA**, **DOMENICO** et lui descendent à Montredon, un tout petit quartier fait de cahutes empilées au pied d'un promontoire rocheux et protégé de l'érosion par un minuscule remblai. Là habite une artiste dans un cabanon transformé en habitation, elle est absente et il sait où elle cache sa clé, elle prête souvent sa maison, elle lui a dit de faire comme chez lui et de ne pas hésiter à taper dans le frigo et les réserves. Ils seront à l'étroit mais ils auront un endroit pour réfléchir à la suite des événements. **L'OURS** et **SURICATE** remontent vers les Lendemains, **JÉSUS** et **SHIRO** rentrent dans la tanière du brocanteur perchée au-dessus du Vieux Port. Ils ont tous prévu de se revoir le lendemain matin. Au dernier moment, on ne sait trop comment, **JÉSUS** sort de son sac la bouteille de côte-de-nuits abandonnée dans son café-atelier et la rend à **ELLIE**. Il est grand temps de le boire, ce vin. Le bus marque l'arrêt, leurs adieux sont silencieux.

Au passage, **VINCENT** montre le nom de l'endroit où ils vont dormir : Chemin du Mauvais Pas. La maison s'avère être un long couloir, on entre directement dans la cuisine, ensuite se trouve une chambre occupée par un grand lit et une immense bibliothèque, puis un salon avec des livres partout, des affiches au mur et un canapé-lit, enfin une minuscule terrasse blanche surplombe la mer. À droite, les lumières de la ville de Marseille s'étendent à perte de vue.

Avant de descendre du bus, **VINCENT** avait résumé la situation d'une simple phrase.

– Maintenant, soit on affronte seul le même ennemi, soit on l'affronte ensemble.

L'OURS a souri, il a repensé au film, là, *Le Bon, la Brute et le Truand,* c'est le genre de phrase que les cow-boys pourraient dire. Il l'a écrite sur le carnet qu'il a tendu au **SURICATE**. La phrase parfaite à glisser dans une improvisation.

Installés sur la terrasse pendant que cuisent les pâtes, tous quatre regardent la nuit tomber. Ils ont vécu l'une des journées les plus longues de leur vie, **VINCENT** peut abandonner le français pour ne plus parler qu'italien et anglais. La première chose à faire est de déboucher l'exceptionnel pinot noir, il a été un peu secoué depuis qu'**ELLIE** l'a pris dans les réserves de son père. Longtemps, **VINCENT** fait sentir les arômes du vin avant d'inviter **ELLIE, LOTTA** et **NICO** à le boire. Il aurait fallu le laisser reposer, il aurait fallu le carafer, il n'en est pas moins splendide.

Dans la main de **VINCENT**, le téléphone de **JÉSUS** vibre à plusieurs reprises, il a envoyé plusieurs messages, il attend des réponses. Il faut renvoyer **DOMENICO** et **LOTTA** en Italie, surtout **LOTTA** avant que sa mère ne mette Brindisi à feu et à sang pour retrouver sa fille. Les gars, là-bas, ont paniqué, exfiltrer **DOMENICO** vers la France était peut-être une bonne idée, mais pas avec la fille d'une commissaire. Ce qui aurait pu se plaider comme étant une farce est maintenant une affaire d'État. Pour l'instant, à ce qu'il a pu lire, nulle mention de la disparition de **LOTTA** n'a filtré dans la presse. Sa mère n'a pas transformé une affaire personnelle en affaire politique, elle n'a pas prévenu les médias. Le téléphone vibre à nouveau, il lit les SMS avant de les effacer. Curieux bonhomme, ce **JÉSUS**, il n'y a pas grand monde sur cette planète qui accepterait de prêter son téléphone à un parfait inconnu. Les gens confient toute leur vie, y compris leurs secrets les plus honteux, à ces appareils. Ça ne court pas les rues, une personne qui n'a rien à cacher.

La bouteille est finie depuis longtemps. Les regards perdus vers les lumières de la ville, **LOTTA** et **NICO** sont serrés l'un contre l'autre, elle a posé sa tête sur son épaule à lui et d'un petit geste il caresse son dos, s'arrêtant sur la pointe de chaque vertèbre, redescendant très lentement vers sa hanche, remontant le long de la colonne, suivant la saillie d'une omoplate, bouclant autour de son épaule, le geste est tendre, paisible, amoureux. Ils ne savent pas de quoi demain sera fait, ils ne savent pas combien de temps ils pourront se serrer dans les bras. **LOTTA** a repensé à Pandora, elle est la seule à savoir avec qui et où elle s'est enfuie. Elle sait que Dora ne parlera pas, sauf si d'une façon ou d'une autre son amie est persuadée que **LOTTA** est en danger. Il faudrait qu'elle la contacte mais elle ne sait pas comment, elle n'a pas été assez bête pour partir avec son téléphone, mais c'est à cet appareil qu'elle a confié sa mémoire et son répertoire. Elle ne connaît pas le numéro de Dora, elle ne sait même pas celui de sa mère ou de son père. Elle est étonnée de voir comment **VINCENT** se sert du téléphone de **JÉSUS**, il a appris tous les numéros dont il a besoin par cœur, il n'est pas dépendant de l'appareil.

LOTTA peine à croire qu'elle se trouve encore à Marseille tant ce cabanon semble bâti loin de tout, il faudra qu'elle trouve une carte de la ville, un jour, comme il faudra qu'elle contacte sa mère, un jour aussi.

Doucement, elle se lève, va aux toilettes, se remplit un verre d'eau dans la cuisine, regarde une affiche dorée sur laquelle est écrit : *liberté, égalité, fraternité, mon* Q, cherche à traduire mais ne parvient pas à comprendre. Elle sent une présence dans son dos, sursaute en se retournant. **VINCENT** a suivi la direction de son regard, il lui explique la devise de la France, il lui explique ensuite que la lettre Q se prononce exactement comme *il culo*, le cul. Tous deux rient. Cette affiche est l'une des œuvres de l'artiste à qui appartient la maison, explique Vincent.

ELLIE, elle, n'a presque pas touché à son assiette, elle a de la couture à faire, elle assemble comme elle peut les chiffons de son histoire familiale pour composer… quoi ? Une couverture ? Une robe ? Quelque chose qui ne soit plus un déguisement, elle espère.

Une très jeune femme fait des recherches sur sa propre famille, il y a un secret qu'elle tente de percer, une grand-mère un peu folle qui a été élevée en famille d'accueil après avoir été retirée à une mère célibataire. Cette grand-mère trop excentrique, même pour le Royaume-Uni, la grand-mère de Margaret, l'arrière-grand-mère d'**ELLIE**, racontait à sa petite-fille des histoires de soldats australiens, des soldats venus se battre et mourir en Europe. Dans sa famille, on raconte que l'arrière-grand-mère de Margaret aurait aimé un soldat, à la toute fin de la guerre, un militaire blessé. C'est une histoire banale et splendide datant d'il y a maintenant un siècle : un garçon rescapé de la guerre ne sachant pas s'il survivra, une jeune fille romantique. L'histoire ne dit pas comment ces deux-là se sont rencontrés, peut-être cette jeune fille visitait-elle les hôpitaux pour soutenir les blessés, c'était chose courante à l'époque. Peut-être était-elle infirmière ? En résumé, le beau soldat mourut de ses blessures, laissant la jeune fille enceinte de ses œuvres. Scandale, honte, répudiation. Il y a un siècle, les femmes étaient toujours coupables du désir des hommes. Une enfant naît, sa mère l'abandonne certainement sous la pression de sa famille, la retrouve, s'enfuit avec elle, l'enfant est récupérée par les services sociaux et devient – soixante ans plus tard – la grand-mère un peu radoteuse à qui la jeune Margaret rend souvent visite. Toute son enfance, elle entend parler de l'Australie, de secrets, de sa vraie famille qui serait là-bas. Devenue étudiante, Margaret entreprend des recherches sur les bataillons australiens venus combattre en Europe. Première zone d'ombre, personne ne sait pourquoi elle s'intéresse tout particulièrement à la bataille de Gallipoli, en Turquie. Margaret tombe amoureuse à son tour d'un garçon qui rêve d'ouvrir un bar, très vite le couple s'installe, le garçon travaille d'arrache-pied pour faire tourner son commerce. Il s'est endetté, il est persuadé que la gentrification du vieux quartier ouvrier de Brockley est en route, c'est inévitable, une foule de cols blancs achète et rénove les anciennes maisons des prolétaires. Son idée fixe est que ces cadres auront d'autres goûts et d'autres manières que les précédents habitants du quartier. Il a fait une école de commerce et a suivi en parallèle des cours d'œnologie, il est passionné par les vins français, il ouvre un bar à vin, travaille douze heures par jour tandis que son épouse – ils se sont mariés entre-temps – lui donne un coup de main derrière le comptoir tout en continuant de faire des recherches sur ses possibles aïeux australiens. Margaret est inscrite à l'université, c'est là qu'un de ses professeurs lui dit qu'en France un étudiant vient de présenter une thèse de doctorat sur les contingents australiens impliqués dans les batailles en Europe. Margaret écrit à cet étudiant nommé **VINCENT**, qui répond. Lui a changé de vie, il a quitté l'Italie où il avait côtoyé à la fac des groupuscules révolutionnaires clandestins, prônant – dans la lignée des Brigades rouges disparues – l'action violente contre l'oppression du capitalisme. C'est tout ce qu'il a avoué à **ELLIE** et elle ne lui en a pas demandé plus. Il est étudiant en histoire, il vient d'obtenir son doctorat avec les félicitations du jury mais a décidé qu'il ne serait pas professeur, il voit l'université comme une machine à reproduire les inégalités. Il se fait engager au port de Marseille, il a beau être dans les bureaux, il trouve auprès des dockers des alliés pour continuer de militer. Il est surpris de recevoir une lettre d'une jeune Anglaise cherchant des renseignements sur l'armée australienne.

ELLIE avait coupé son récit, une question demeurait floue, pourquoi s'était-il intéressé à ce sujet ? **VINCENT** avait éclaté de rire. À vrai dire, il n'en savait rien lui-même. Pour passer son doctorat, il avait besoin d'un directeur de recherche, le sujet lui avait été proposé, il l'avait pris parce qu'il était vacant, et la documentation n'était pas trop difficile à trouver. Il aurait préféré travailler sur l'histoire du mouvement ouvrier mais n'avait pas eu la chance de rencontrer un enseignant prêt à le suivre sur cette voie.

– On se fait toute une histoire des études supérieures, mais c'est souvent une succession de hasards, avait-il ajouté. On prend ce qui reste, on trouve une niche qui n'a pas encore été étudiée de trop près.

Ensuite, VINCENT avait accéléré, son récit s'était fait plus pudique, plus fragmentaire. Il n'avait pas compris pourquoi la jeune femme s'adressait à lui, mais il avait pris la peine de lui répondre pour lui dire qu'elle se trompait sans doute d'interlocuteur. Et elle avait répondu à sa réponse, racontant tout ce qu'il venait d'expliquer à ELLIE : sa grand-mère ballottée dans les souffrances des non-dits, sa volonté de percer les secrets de ses origines. Il aurait dû jeter cette seconde lettre, mais il avait été sensible à la souffrance de Margaret, alors il avait répondu. Et ainsi de suite. De lettre en lettre, ils étaient devenus… amis. Ils se connaissaient sans se connaître. Petit à petit, ils avaient souhaité se rencontrer.

VINCENT avait alors fait une longue ellipse. Margaret était venue deux fois le voir, elle continuait réellement d'enquêter sur ses ancêtres, était sur la piste d'un soldat blessé à la bataille de Gallipoli et envoyé en convalescence à Londres. Internet se généralisant, ses recherches étaient grandement facilitées. Tout ce qu'il savait c'est qu'elle avait pris contact avec des gens en Australie et qu'elle avait fini par s'y rendre. Point. Il n'avait plus jamais eu de ses nouvelles jusqu'à la visite d'ELLIE.

Au moment de se coucher, ils conviennent que le grand lit sera pour LOTTA et DOMENICO. VINCENT propose le canapé à **ELLIE**, il dormira par terre. Elle refuse, il lui dit qu'il ne laissera pas une jeune fille dormir par terre, elle le traite de macho, alors il propose de tirer le canapé à pile ou face. **VINCENT** fait tournoyer une pièce avec une telle dextérité qu'**ELLIE** sait d'avance le résultat. Il a perdu. Elle ne sait pas comment mais elle est persuadée qu'il a triché pour perdre. **VINCENT** pousse une table basse, assemble deux trois coussins sur le tapis, se roule dans une couverture et les lumières s'éteignent enfin, laissant **ELLIE** mi-furieuse, mi-épuisée. Elle écoute la respiration de l'homme qui a sans nul doute été l'amant de sa mère après sa naissance. Deux allers-retours, des recherches où elle prétextait travailler avec un historien de Marseille. Le nom de cette ville, elle l'a donc entendu lorsqu'elle était toute petite, son père a bien dû la prendre dans ses bras un soir qu'elle piquait une crise pour la rassurer, lui dire que maman était à Marseille mais qu'elle reviendrait. Brusquement, elle éprouve une immense tristesse pour son père. Toujours, elle lui a inconsciemment reproché la disparition de sa mère, comme elle lui a ensuite plus explicitement reproché l'arrivée de Cheryl et de sa marmaille. Elle a même souvent imaginé que sa mère était partie parce qu'il avait une relation avec Cheryl et qu'elle l'avait découvert. Ses pensées roulent sous son crâne. Savait-il que son épouse avait en France un amant italien ? Savait-il dès qu'il l'a rencontrée qu'elle partirait un jour ? Elle l'a abandonné, lui, comme elle a également abandonné son amant. **VINCENT** a parlé d'une grand-mère folle, la folie était-elle dans son sang à elle ? Dans ce cas, sa brusque fugue qui a fini par la mener jusqu'à ce canapé dans lequel elle ne parvient pas à dormir serait-elle un symptôme d'une malédiction familiale ? **ELLIE** n'en peut plus des questions et des questions. Elle repense à la vieille plaque d'identification trouvée dans sa chaussure au cimetière, le prénom gravé était bien Vincent ? Elle ne sait plus. Elle a un million de questions, la respiration de **VINCENT** est lente et apaisée, il dort. De la chambre parviennent les murmures bas des Italiens, elle sent qu'elle ne pourra jamais s'endormir. Quand une main la secoue tout doucement, elle se redresse d'un bond en constatant qu'il fait grand jour, elle a dormi comme on tombe au fond d'un puits.

SURICATE au matin perçoit un sifflement, quand il claque ses doigts près de son oreille un *plop* lointain lui parvient, il faut entre six et huit semaines pour que les tympans se reforment, lui a fait savoir le médecin à l'hôpital. Il aura peut-être des acouphènes toute sa vie, mais peu importe s'il peut de nouveau entendre. Tout à sa joie, **SURICATE** claque des mains et d'un coup la porte de sa chambre s'ouvre en grand. Pas besoin d'entendre pour savoir que sa mère lui demande s'il devient fou à faire autant de bruit alors que le jour se lève à peine.

LOTTA respire lentement, elle ne sait pas comment **VINCENT** a fait pour lui obtenir ce numéro, elle est à l'arrière d'un bus qui roule tout au nord de la ville. Assis à l'avant, **JÉSUS** est un bloc dont elle n'aperçoit que le dos. Le téléphone est le sien, il s'en fout, si quelqu'un lui fait des ennuis, il dira qu'il l'a perdu. Ils sont en mouvement par sécurité, il sait très bien que les données, les ondes, les réseaux sont traçables et détectables. La police peut remonter vers le propriétaire d'un téléphone comme un chien suit la trace d'un lièvre. Il y a une vingtaine d'années, **JÉSUS** avait lu un jour dans le journal que l'armée russe avait programmé un missile pour suivre les ondes du téléphone portable d'un chef de la résistance tchétchène. Le rebelle avait été tué dans sa voiture à des centaines de kilomètres de l'endroit d'où avait été tiré le missile. Qui téléphone laisse une trace.
LOTTA respire, alors. Toute seule à l'arrière de ce bus en

milieu de matinée, elle se répète qu'il n'y a pas de raison pour que cela se passe mal, mais elle sait que cela se passera mal, elle compose le numéro, se trompe, efface, tente à nouveau, ses doigts tremblent, le numéro qu'elle vient d'appeler sonne, elle voudrait s'accrocher à l'espoir que personne ne décrochera quand elle entend la voix de sa mère lancer un *pronto* sec et intrigué. Ce ne doit pas être si souvent qu'un numéro inconnu l'appelle sur sa ligne privée. Alors **LOTTA** articule un petit *mamma* et il serait effectivement exagéré de dire que le reste de la conversation se passe bien. L'engueulade qu'elle reçoit est si violente qu'à l'avant du bus **JÉSUS** se retourne et lui adresse un timide signe de soutien. En une minute chrono **LOTTA** apprend :

– qu'elle est folle ;

– que sa mère a cru à un enlèvement ;

– qu'elle a cuisiné Pandora jusqu'à ce que celle-ci craque et lui raconte que c'était une histoire de garçon, en refusant d'en dire plus malgré les menaces et les supplications ;

– qu'un collègue de la brigade informatique a hacké son ordinateur (Oh ! l'ordinateur, **LOTTA** l'avait oublié) ;

– qu'elle sait qui est ce garçon, elle aimerait lui toucher deux mots au sujet de ses pulsions incendiaires ;

– qu'elle est malade ;

– qu'elle est inconsciente ;

– qu'elle a intérêt à lui dire où elle se trouve ;

– que *smettila con questa storia, la mamma arriva subito.*

Profitant de ce que sa mère est obligée de reprendre son souffle, **LOTTA** lui répond qu'elle va bien, qu'elle va rentrer, qu'elle a juste besoin d'un peu de temps et qu'elle n'est pas partie sur un coup de tête mais bien parce qu'elle est amoureuse de ce garçon. Sa mère hurle que la fille d'une commissaire n'a pas le droit de tomber amoureuse d'un délinquant, à croire qu'il y a une malédiction dans cette famille, les femmes tombent amoureuses du mauvais gars, *tale madre tale figlia*, telle mère telle fille, après tout, elle était bien tombée amoureuse du seul anarchiste dealant de l'herbe à l'école de police, elle avait bataillé pour qu'il soit simplement renvoyé et pas jugé quand la hiérarchie avait remarqué son trafic. **LOTTA** n'en croit pas ses oreilles, jamais sa mère ni son père n'ont évoqué cette histoire.

– D'ailleurs, conclut sa mère, je te le passe.

Et – second choc – elle entend la voix de son père à l'autre bout du fil la saluant, lui demandant comment elle va. Sans lui laisser le temps de répondre, il lui explique que le coup de la fugue ce n'est pas très sympa, elle aurait pu venir chez lui avec son amoureux, il aurait su les protéger de la police. Puis, une dispute éclate, son père et sa mère luttent pour le téléphone, sa mère gagne – **LOTTA** se demande si elle a menotté son père pour avoir osé dire ce qu'il vient de dire –, elle reprend l'appareil, lui ordonne d'oublier ce qu'elle vient d'entendre, lui reproche d'être obligée de subir la présence de son ex-mari à la maison. Il semble qu'elle avait débarqué chez lui pour savoir s'il ne cachait pas sa fille et, inquiet, il avait tenu à l'accompagner à Brindisi pour être au plus proche de l'enquête. Derrière, **LOTTA** entend son père qui grommelle, ses parents s'engueulent plus fort, alors elle promet qu'elle rappellera plus tard et elle raccroche.

Quand le bus arrive aux quartiers nord, **JÉSUS** récupère son téléphone chaud des mains de **LOTTA**.

– Alors ? il demande.

– Je crois que tu ferais mieux de le mettre en mode avion, tu vas souvent être dérangé sinon.

Le géant donne une tape sur la tête de l'adolescente, et tous deux éclatent de rire. Il est grand temps que **LOTTA** retrouve son **NICO**. Si jamais la police traque le téléphone, rien ne les conduira au cabanon en bord de mer où il discute avec **VINCENT**.

Par curiosité, hier soir, **L'OURS** a tapé son nom sur un moteur de recherche, pas son vrai nom, son surnom, et – forcément – la première entrée explique que les ours forment la famille de mammifères des ursidés (*Ursidae*), de l'ordre des carnivores (*Carnivora*). Puis suivaient des dizaines de photos ou de vidéos d'énormes animaux. À nouveau, il a tenté en ajoutant MUSIC après sa recherche, et c'était vertigineux : des centaines de milliers de pages. Depuis hier, il n'ose plus ouvrir son téléphone. Plusieurs centaines de SMS et de messages vocaux. Des lascars inconnus connaissent quelqu'un qui le connaît et qui leur a refilé son 06. Un instant, il se dit que lorsqu'on devient célèbre, par exemple en étant sélectionné dans une équipe de foot ou en enregistrant un son que les gens vont aimer, on doit changer de numéro. Il pense aux yachts qui passent au large de Marseille, à la vie facile à bord, et il se dit que là, il partage des problèmes des people, ce qui le fait ricaner. En scrollant, hier soir, il a vu que même des articles en anglais parlaient de lui, il a cliqué au hasard en pensant à la drôle de fille qui les a accompagnés toute la journée, **ELLIE**, celle qui boite un peu, et il a lu le titre d'un article. *Teenage Riot.* Ça lui rappelait quelque chose, il a copié-collé et est tombé sur une musique, un truc bizarre : une guitare et une batterie qui jouent en faisant semblant de s'ignorer, des voix qui parlent, rien qui ne ressemble à de la musique, comme si le titre refusait de démarrer, les musiciens de s'harmoniser, puis d'un coup, la musique file, on dirait que le guitariste joue sur du fil de fer, le son est métallique, dur. Il en a pris note mentalement, se disant que cela pourrait servir, et ce matin, ça y est, il sait. Il prépare son morceau sans avoir ouvert ses volets ni ses fenêtres, il sait de toute façon ce qu'il y a à voir dehors, sa mère l'a prévenu : des équipes de télévision poireautent un peu partout, il y a même une chaîne américaine qui veut des images de lui.

SHIRO, en descendant vers le Vieux Port pour prendre le bus des Lendemains, tombe sur la voiture de l'autre soir, dont le conducteur l'avait klaxonné puis insulté quand il rentrait à pied de sa garde à vue. L'impeccable berline stationne le long d'une des rues parallèles au port. Comme il est un peu en avance, **SHIRO** prend le temps de dessiner un vagin fleuri avec du vernis rose sur la carrosserie du capot.

ELLIE se souvient brusquement d'un rêve étrange, il la frappe alors qu'elle se douche dans la minuscule salle de bains du cabanon. Elle était un soldat australien, elle allait mourir, elle savait que son cœur cesserait bientôt de battre, elle se trouvait dans le parc d'un hôpital, allongée dans une chaise longue et recouverte d'une couverture brune, elle montrait une liste à une jeune femme sur laquelle elle avait écrit l'ensemble des biens que l'armée lui avait attribués. Sac, ceinture, brosse à cheveux, blaireau, brosse à dents, oreiller kaki, peigne, plaque d'identité, caleçon de coton, etc. Et elle s'entendait dire que l'armée récupérerait tout sauf la plaque d'identité, alors, dans un geste lent et douloureux, le jeune homme à l'agonie qu'elle était devenue glissait cette plaque dans la main de la jeune femme. Dans le rêve, le prénom sur la plaque était nettement visible, **VINCENT**, il était suivi d'une série de chiffres : 30353. **ELLIE**, alors que l'eau tiède dégouline sur sa nuque, comprend que la jeune femme qui, d'une main tremblante, acceptait de prendre la plaque allait la remettre à sa fille lorsqu'elle lui serait arrachée et que cette fille l'offrirait à la première personne cherchant à dénouer les fils obscurs de l'histoire – Margaret. Et que tout comme elle avait entendu parler de Marseille, elle avait vu cette plaque quelque part, réellement, lorsqu'elle était enfant. Elle réalise également à quel point la coïncidence des prénoms avait dû troubler sa mère lorsqu'elle avait rencontré **VINCENZO**, l'autre Vincent.

En bas, le long du remblai, **VINCENT** et **DOMENICO** discutent, ou plutôt l'un écoute l'autre lui dire que maintenant il a le choix entre continuer de fuir en se cachant ou d'aller au front. Ces deux derniers jours, des journalistes ont révélé plusieurs malversations dans la gestion des entreprises appartenant au propriétaire de l'usine de feux d'artifice, il semble que d'importantes sommes aient été détournées afin de financer le parti. L'incendie a attiré l'attention sur lui ; avec un bon avocat et le soutien massif de l'opinion publique, **DOMENICO** s'en tirera bien, d'autant plus qu'il est mineur. En plus, il doit penser à **LOTTA**, elle ne peut pas vivre cachée, elle doit reprendre les cours à la rentrée, étudier, devenir adulte et le retrouver non pas parce qu'elle n'aura pas d'autre choix, mais parce qu'elle pourra le décider librement. **VINCENT** a contacté des amis qui connaissent des amis qui connaissent des amis, c'est l'avantage d'être un vieux militant, les gens se serrent les coudes, il peut garantir que le procès de **DOMENICO** sera très médiatique et qu'il sera impeccablement défendu, un peu comme s'il était une sorte de lanceur d'alerte.

La Méditerranée, elle, est éternelle, elle a contemplé bien des drames, des joies, des amours, des voyages, des espoirs, des morts et des naissances. À l'aube elle a la couleur du froment, au coucher du soleil du raisin de vendange. Elle se contente de clapoter doucement et de refléter la si belle lumière du matin.

ELLIE

Très vite, le train s'est glissé dans un tunnel, puis un autre, Ellie cherche une position confortable, sa tête oscille, les conversations alentour la fatiguent, elle attrape çà et là quelques mots dans le brouillard indistinct du français. Ce doit être magnifique de parler plusieurs langues, pense-t-elle. Elle ferme les yeux un moment, sa tête roule, elle les rouvre. Par chance, personne n'est assis à ses côtés, elle relève l'accoudoir central, se déchausse, trouve une position semi-allongée plus agréable. Les tunnels s'éloignent, au-dehors la lumière est vive, presque blessante. Depuis combien de temps Ellie n'a-t-elle pas réellement dormi ? Profondément dormi ? Un enfant crie, elle pense à ses frères et sœurs, demi ou pas, elle n'aurait jamais cru être heureuse à l'idée de les revoir. Ce soir, après un changement à Lille, elle sera à Londres. Ellie chasse la crainte de revoir son père, elle demeure dans la joie d'avoir retrouvé le chemin de sa mère. Elle sait que les choses ne seront plus pareilles, elle sait qu'il y aura de longues conversations dans les jours à venir, et elle s'en réjouit. L'enfant qui voyage trois rangées derrière elle crie plus fort. Des passagers soufflent et elle sourit. Depuis le temps, elle a appris à faire le vide quand les petits hurlent autour d'elle. Ellie se laisse guider par la somnolence.

Bercée par la vitesse et la lumière, dans la chaleur d'un rayon de soleil et naviguant entre les émotions, les souvenirs et les images des derniers jours, elle entre dans un rêve. Deux contrôleurs arrivent dans sa voiture, bonjour, et la voyant endormie, un sourire involontaire au coin des lèvres, ils hésitent à hausser la voix et lui toucher le coin de l'épaule.

– On ne réveille pas un chat qui dort, dit le plus grand des deux.

– Si on pouvait contrôler les rêves plutôt que les titres de transport, tu crois que ce serait un travail plus intéressant ? demande l'autre.

Ils poursuivent leur chemin, peut-être repasseront-ils plus tard, après les rêves.

Ellie ne dort pas encore, ou peut-être que si, dans ce cas, elle rêve qu'elle ne dort pas. Son corps s'est relâché après des jours et des jours de tension, elle flotte dans le balancement du train, dans le mélange des voix et des rires et des appels, elle a tissé une bulle de protection autour d'elle, un cocon. Elle se laisse aller, depuis qu'elle a retiré le billet acheté par son père, quelque chose a cédé en elle. Elle est heureuse de rentrer.

Un éclat de lumière plus vif lui fait ouvrir les yeux, le dossier du fauteuil devant elle luit étrangement, en se concentrant elle parvient à le traverser, comme dans les vieux comics de Supergirl, elle voit à travers, et à travers le passager et ainsi de suite, son regard est un oiseau libre qui se laisse porter par les vents. Un courant plus vif le soulève, elle se voit, pelotonnée sur les sièges, jeune fille blanche et blonde à la peau malmenée par la canicule marseillaise, puis elle dérive, vers l'est où, dans un autre train, un couple enlacé se laisse porter. La jeune fille serre la main du jeune garçon, le jeune garçon serre la main de la jeune fille, ils parlent peu, ils profitent de la chaleur partagée de leurs paumes. Ellie a rarement vu des gens s'aimer comme s'aiment Lotta et Domenico. Lui descendra à Vintimille où l'attendra un avocat, elle continuera jusqu'à l'extrême pointe de la Botte italienne.

Il y aura des adieux, des larmes retenues, des baisers sans retenue, des promesses de se revoir, très vite, bientôt, et puis un déchirement.

– L'histoire n'est pas finie, dira Domenico en regardant Lotta une dernière fois dans les yeux. L'histoire n'est jamais finie. Elle commence toujours.

Domenico disparaîtra dans une cohue, crépitement des flashes, menottes cliquetantes, questions fusant de toutes parts, devenu dans le même moment héros et paria, pendant que Lotta, à bord comme Ellie d'un train mais filant dans l'autre direction, vers le sud, détaillera avec le plus de minutie possible le souvenir du regard de Domenico, pour ne pas l'oublier, pour ne jamais l'oublier. Elle reverra ses yeux plantés dans les siens, retrouvera la sensation de ses mains posées sur elle, et son odeur de feu, que leur séparation forcée finira par éteindre ou, au contraire, renforcera.

Un temps, le regard d'Ellie dérive, une femme qu'elle ne connaît pas hésite un instant avant d'ôter son holster et son arme de service, cette femme ouvre une armoire, choisi un jean et un tee-shirt blanc pour remplacer le tailleur froissé qu'elle porte depuis des jours. Ses gestes sont lents, elle ouvre la porte d'une chambre d'adolescente, au mur sont punaisées des affiches de pièces de théâtre, sur l'une d'elles le regard d'Ellie lit un nom italien, *Roberto Zucco*. La femme s'accoude sur le rebord de la fenêtre, observe au loin la mer briller sous le soleil. Ellie ne sait pas où se trouve son regard, elle ne sait pas nommer la ville ou la mer, elle sait juste lire les ressemblances : le visage de la femme est celui de Lotta, en plus âgé, en plus éprouvé. La femme sourit et les vents conduisent Ellie à nouveau au-dessus de Marseille, elle-même sourit, consciente de ce curieux dédoublement, elle sait qu'elle est toujours allongée dans un train, elle sent chaque point de contact de son corps avec les deux sièges, et pourtant, elle est ailleurs.

Elle est à la fois au début du voyage et à la fin, à la gare de King's Cross et à la gare Saint-Charles, et à la gare d'Europe où elle devra changer de train. Par le rêve elle peut être loin dans le passé, où ses racines se perdent dans des confins qu'il lui faudra du temps pour exhumer et enfouir à nouveau, ou bien très proche, sur les marches du grand escalier de Saint-Charles, où elle a rencontré Shiro ce premier soir.

C'est là qu'il se trouve à présent.

– Qui es-tu, Shiro ?

Elle lui pose la question, et cette fois il lui sourit sans méfiance. Il n'est pas certain de son identité, ne voit pas pourquoi on devrait lui en assigner une pour commencer, mais, durant ces quelques jours, il a appris qu'au détour de certains combats on peut trouver, dans ce monde, des alliés.

Shiro est un elfe, Shiro est un guerrier, Shiro est une fée, Shiro est un ange un peu paumé mais il préfère l'être plutôt que suivre les chemins trop évidents. Il continuera de gravir les hautes marches de la gare Saint-Charles pour scruter les voyageurs à la recherche d'égarés.

Passent deux types tellement certains du sol sous leur pied qu'ils lancent une insulte à Shiro. Toujours la même vieille chose : la haine facile et stupide, l'insulte à qui sort du rang, à qui ne ressemble pas à l'idée que l'on se fait du monde. Shiro leur tend son majeur à l'ongle impeccablement verni en rose et, comme les deux types esquissent un mouvement en sa direction, une ombre s'interpose brusquement entre eux et le soleil : Jésus passe, fait comme s'il n'avait rien vu, pose une main énorme sur l'épaule de Shiro et lui dit qu'ils ont du travail. Un carnet de commandes rempli à bloc. Les deux types hésitent une seconde : s'attaquer à du frêle, ils savent faire, mais la carrure de Jésus c'est autre chose, alors ils s'éloignent en marmonnant d'autres insultes que même les mouettes n'entendent pas.

– On n'en aura peut-être jamais fini d'arpenter ces rues, dit Jésus à Shiro, en essayant de raccommoder ce qui peut l'être, de rapiécer, de récupérer tout ce que les gens mettent à la rue. Et ce ne sont pas seulement des objets, ce sont aussi des personnes.

Il y a un silence entre eux. La rumeur de la mer, des klaxons, et des cris dans la rue.

– Je comprends la révolte, continue-t-il. Le refus du monde tel qu'il est, avec ses codes et ses règles du jeu tellement complexes qu'il faut des années avant d'accepter qu'on n'en connaisse jamais toutes les subtilités. On n'entre pas sans révolte dans le monde.

Brusquement les odeurs (peut-on sentir des odeurs lorsque l'on rêve ?) sont familières, ce sont celles de Londres, dans un appartement trop petit pour le nombre de gens qui y vivent, où deux garçons et deux filles s'appliquent à réaliser une grande banderole sur laquelle est inscrit en lettres colorées WELCOME HOME. La mère des enfants fume une cigarette à la fenêtre, elle est agacée sans doute, mais – pour une fois – elle ne s'est pas opposée à cette idée. Le père d'Ellie, lui, encourage les enfants, leur donne des feutres, les incite à mieux colorier. Comme la fenêtre est ouverte, Ellie s'enroule le long de la longue colonne de fumée de cigarette et sinue un instant avant de dériver au-dessus du cimetière de Brockley. Il est possible que le regard espère tout de même apercevoir la silhouette voûtée de Liam, mais il n'est pas là. Dans les broussailles, au milieu de ronces impénétrables, une renarde allaite ses quatre petits.

Un soubresaut plus violent fait tanguer la tête d'Ellie, c'est comme si elle chutait d'un coup, comme si un puits venait de s'ouvrir sous ses pieds, les sons du train explosent d'un coup à ses oreilles, l'enfant crie toujours, un téléphone sonne, les portes de la voiture s'ouvrent et se ferment dans un souffle pneumatique, même les lumières paraissent plus vives de l'autre côté de ses paupières fermées. Mais la chute s'interrompt, le regard d'Ellie retrouve un équilibre, il cesse de tournoyer pour se stabiliser au-dessus des hautes grues du port. Tout en bas, une voiture miniature roule, stoppe devant une barrière, par la fenêtre ouverte une main tend un badge vers une borne et la barrière s'ouvre. Lentement, le regard descend, glisse au travers du toit, vient se lover sur le siège passager. Au volant,

Vincent manœuvre pour se garer, il est grand temps pour lui de reprendre le travail, son visage est fermé, il a tellement appris à contenir ses émotions qu'il lui est dorénavant difficile de les laisser filtrer. Peut-être pense-t-il à Domenico, son neveu. Peut-être se souvient-il de cette Anglaise venue trouver refuge auprès de lui avant de s'envoler vers l'Australie. Le regard d'Ellie n'arrive pas à aller au-delà du mur de son visage. Cet homme s'est trouvé aux croisements de bien des routes. Il coupe le moteur de sa voiture, voit qu'il n'a pas remonté sa vitre, s'en fiche, quitte son véhicule sans le fermer à clé. C'est peut-être, après tout, la raison pour laquelle il a su se trouver sur le chemin de nombreuses personnes : la liberté qu'il s'offre de ne pas verrouiller les choses.

Des hasards, des accidents, de brusques changements de cap : la vie en est pleine. Certains peuvent être très heureux, d'autres tragiques. Et on ne peut que se préparer à l'idée qu'ils puissent survenir à tout moment : non pas pour les éviter à tout prix et refuser le monde, mais au contraire pour avancer vers lui.

Dans le wagon, un jeune homme remonte l'allée, le pas assuré malgré le léger tangage du train. Pantalon ample, tee-shirt de sport à l'effigie de l'équipe des Fighting Possums, casquette. Il tient à la main une enceinte portative qui diffuse un rap, dont Ellie croit reconnaître le son.

Les deux contrôleurs entrent à sa suite et l'interpellent :

– Monsieur ? Monsieur ?

Il se retourne vers eux, s'attendant à se faire contrôler, ou verbaliser.

– C'est bien cette musique, dit l'un des contrôleurs. Qu'est-ce que c'est ?

Emporté par le flow un peu heurté du Suricate, le regard d'Ellie navigue jusqu'aux Lendemains, il survole les camions régie surmontés de paraboles. Dans les rues, des jeunes friment devant les caméras. S'ils n'ont rien à dire, ils inventent. Mille et une histoires naissent et se propagent à travers le monde. L'Ours n'a pas quitté sa chambre, sa mère de temps en temps soulève un rideau, observe les journalistes avec un claquement de langue. Avec Suricate, l'Ours met sa musique en ligne, titre après titre. Le nombre d'abonnés a depuis longtemps cessé de l'intéresser. Il n'a toujours pas commencé à trier et lire ses messages, il a mieux à faire : un garçon est passé, un garçon surnommé l'Opossum, ce garçon a ouvert un sillage de vie, d'espoirs, de colères, d'amitiés, de rêves, de joies, de désirs. Le garçon est mort d'être né et d'avoir vécu ici. La musique de l'Ours ne fait rien d'autre qu'empêcher le sillage de se refermer trop vite. Si quelqu'un tombe dans l'eau et se noie, combien de temps la surface de la mer gardera-t-elle les rides de son passage ? Chaque beat, chaque mot, chaque tempo, chaque verbe n'ont d'autre but que de heurter encore et encore l'eau, afin que la vague jamais ne retombe. L'Ours est épuisé, il ne pense ni à sa célébrité ni à demain, les boucles lourdes de sa musique se répandent comme des ondes à la surface de l'eau, la vie trop brève de son ami est un sillage qui jamais ne se fermera, espère-t-il. Et qu'importe si au loin, de vague en vague, les flots produisent des raz-de-marée.

Ellie bouge, sa nuque est un peu tordue, elle glisse une main sous sa tête, les sons autour ont disparu, son regard est au loin, très loin, dans le passé peut-être, ou dans le futur, elle n'en sait rien, elle voit une silhouette, de dos ce pourrait être la sienne, même taille étroite, même peau si pâle sur les avant-bras nus, seuls les cheveux plus longs que les siens diffèrent. La silhouette marche, c'est celle d'une femme, âgée maintenant d'une petite quarantaine d'années. Cette femme n'est pas seule, mais le regard d'Ellie est trop haut pour savoir si elle est entourée de fantômes ou de vivants, des ancêtres qu'elle a recherchés toute sa vie ou des enfants qui seraient nés d'elles sur un autre continent ; Ellie ondoie une poignée de secondes, la femme s'éloigne, elle s'est toujours éloignée, plus tard Ellie pourra s'en attrister ou s'en révolter, pour l'instant son regard se voile enfin, il est possible qu'elle dorme maintenant, totalement, et ses rêves n'appartiennent plus qu'à elle.

Et puis le monde tourne.

Vers le lendemain.

CRÉDITS

À Zoé, Louna et Mélio
E.

À Titouan, Maël, Anouk
O.

Le texte comprend des citations, parfois légèrement modifiées, de textes, dialogues et chansons :

Jean Anouilh, *Antigone*; Erri De Luca, « Mare Nostrum » ; Bernard-Marie Koltès, *Roberto Zucco*; Sergio Leone, *Le Bon, la Brute et le Truand*; Bob Marley, « Get Up, Stand Up » ; Sonic Youth, «Teenage Riot»; Charles Hamilton Sorley, «When You See Millions of the Mouthless Dead»; Anton Tchekhov, *La Mouette*; Kate Tempest, « Perfect Coffee »; Tom Waits, « Broken Bicycles ».

Pour imaginer l'Ours en train de composer, souvent ont tourné en boucle l'album *Little Johnny From the Hospitul* de Company Flow, les deux albums du groupe Deltron 3030 et toute la clique du Wu-Tang Clan.

Un salut amical à l'artiste typographe et poète Fabienne Yvert qui prête son cabanon à Vincent, Ellie, Lotta et Domenico.

Merci Véronique Haïtse, Laure Chapuis, les équipes de l'école des loisirs.

Thank you Lee Ranaldo.

Grazie G.

Cet ouvrage a été achevé d'imprimer
sur Roto-Page
par l'Imprimerie Floch à Mayenne
en janvier 2021

N° d'impression : 97513
Imprimé en France